프로방스 숲에서 만난
한국문학

프로방스 숲에서 만난 한국문학

펴낸날 2023년 10월 11일

지은이 장클로드 드크레셴조
옮긴이 이태연 최애영 백민경 원혜원
펴낸이 이광호
주간 이근혜
편집 이주이 김필균 허단 방원경 윤소진 유하은
마케팅 이가은 최지애 허황 남미리 맹정현
제작 강병석
펴낸곳 ㈜문학과지성사
등록번호 제1993-000098호
주소 04034 서울 마포구 잔다리로 7길 18(서교동 377-20)
전화 02)338-7224
팩스 02)323-4180(편집) 02)338-7221(영업)
대표메일 moonji@moonji.com
저작권 문의 copyright@moonji.com
홈페이지 www.moonji.com

ⓒ 장클로드 드크레셴조, 2023. Printed in Seoul, Korea

ISBN 978-89-320-4219-0 93860

Promenades
dans la
littérature
coréenne

프로방스 숲에서 만난
한국문학

장클로드 드크레셴조 지음
이태연 외 옮김

문학과
지성사

진정한 탄생지란 우리들이 최초로 자기 자신에게
이지적인 시선을 던진 곳이다.
— 마르그리트 유르스나르, 『하드리아누스 황제의 회상록 *Mémoires d'Hadrien*』

지난날에는 신에 대한 불경이 가장 큰 불경이었다.
그러나 신은 죽었고 그와 더불어
신에게 불경을 저지른 자들도 죽었다.
이 대지에 불경을 저지르고 저 알 길이 없는 것의 뱃속을
이 대지의 뜻보다 더 높게 평가하는 것,
이제는 그것이 가장 두려워해야 할 일이다!
— 프리드리히 니체, 『차라투스트라는 이렇게 말했다 *Also sprach Zarathustra*』

코로나19 팬데믹은 인간이 저질렀던 과거의 무게를 앞으로 지구가 감당하지 못할 것이라는 느낌을 전 세계에 심어주었다. 세계화는 이 전염병 사태의 분신인 악의 화신을 보았다. 사람들은 우리에게 팬데믹이 반드시 지나갈 거라고 다음 세상을 생각해야 한다고 말한다. 아마도 이 전염병은 지나갈 것이고, 언젠가 끝났을 때 오랫동안 통제됐던 삶은 이전의 열기를 띠고 일상으로 돌아갈 것이다. 프랑스는 2020년과 2021년에 두 차례 봉쇄 결정을 내렸고, 이 조치가 바이러스 확산을 제한하리라 기대하며 프랑스인들은 약 한 달 동안 집에서 자가 격리를 했다. 매일같이 뉴스에서 전하는 감염에 대한 두려움 속에서 나는 한국문학 작품을 다시 읽게 되었고, 한국문학이 신기하게 현대의 정세와 공명한다는 것을 발견하는 계기가 되었다. 정확한 원인을 알 수 없는 이 팬데믹은 상품화할 수 없으면 등한시하는 인간의 행동이, 특히 동물 서식지를 무시할 때 이러한 세계적인 혼란의 원인이 된다는 것을 가리키고 있다.

세상을 뒤흔든 팬데믹으로 나는 지난 2년간 한국에 방문하지 못했고 이승우의 작품 세계를 그린 책을 독자들에게 직접 소개하지 못해 더 아쉬웠다.[1] 나는 이 기간 동안 매일 걸었고 산책에 큰 몫을 차지했던 그의 소설을 번역했다.[2] 프로방스 숲을 산책하면서, 이 위협적인 바이러스가 다양한 형태의 다른 바이러스에 추가된 것을 한국문학이 이미 다루었을 거라는 생각이 떠올랐다.

장 지오노 Jean Giono의 수필 『진정한 부 Les Vraies Richesses』는 1936년에 출간되었을 당시 파문을 일으켰다. 유럽에 2차 세계대전이 발발할 기미가 보이는 와중에, 지오노는 프로방스 뤼르산 근처 콩타두르의 농장에 젊은 지식인들이 모여 논의했던 내용을 바탕으로 이 책을 썼다. 그는 이전까지 발표한 작품들로 사상가라는 칭호를 얻었다. 지오노는 근처 언덕을 산책한 후 벽난로 앞에 모여 앉아 친구들과 맛있는 포도주를 마시며 이런저런 이야기를 나누곤 했다. 하루는 한 친구가 그가 자주 사용하던 '기쁨'이라는 단어가 어떤 의미인지 물었다. 지오노는 설명을 거절했고 그 후 『진정한 부』를 썼다. 다음 인용 글에서 우리는 시대성을 어렵지 않게 감지할 수 있다.

---

1 졸고, 『다나이데스의 물통: 이승우의 작품 세계』, 문학과지성사, 2020.
2 이승우, 『캉탕』, 현대문학, 2019.

현대 문명이 원자의 핵분열 문제를 해결하지 못했을 뿐만 아니라, 인간적인 삶을 사는 데 우리에게 꼭 필요한 정신적 힘을 근거 없이 방출해버림으로써 정신을 해체시켰다는 것을 알지 못하는 것 같다.[3]

나는 지금 우리가 겪고 있는 팬데믹의 원인이 이 글의 망각에 있음을 깨달았다. 땅은 인류가 자신에게 입힌 상처에 대한 복수를 했다. 팬데믹이 적(敵)이 된 것이다. 지오노는 나를 핵심으로 돌아가게 했다. 매일 걸으면서 밟던 땅은 단순히 생태학적 사고방식으로 보호해야 하는 것이 아니라 인류의 공통된 지주(支柱)로써 보호해야 하는 것이다. 전조(前兆)를 무시할 정도로 우리는 눈이 멀었었나? 다른 이들보다 먼저 미래를 감지했던, 어쩌면 유일했던 작가들의 작품을 제대로 읽지 않았나? 내가 프로방스 숲속을 걷는 동안 동행하던 책들이 떠올랐다. 이 팬데믹을 견디고 한정할, 적을 만들기도 무력화시키기도 하는 방법은 한국문학 속에서 오웰George Orwell과 궤를 달리하는 디스토피아의 징조를 끌어내는 것이다. 내 발걸음이 이끄는 대로 글들이 머릿속을 스쳐 지나가고 신체 활동이 두뇌 활동으로 변모하며 내가 하고 있는 육체적 산책이 한국문학 속 산책으로 이어졌다. 과거 적의 자리가 고독, 무서운 도시, 돌이킬 수 없는 가족과 같은 더 개인화된 새로운 적으로 대체되었다. 그렇게 '적의 형상'이 탄생했

---

3 장 지오노, 『진정한 부』, 김남주 옮김, 두레, 2004, p. 20(Original Language Edition: 1936).

고, 1부에서는 현재 팬데믹이 변화하는 것처럼 세계화된 현대의 적이 한 개인 또는 공동체 속 정체성의 한 요소가 되기까지 얼마나 영향을 끼치는지 보여주고자 했다. 이 은유화된 적은 두 장편소설과 한 소설집에서 중요한 초점으로 자리 잡고 있고 '예견적 시각—김애란, 박민규, 편혜영의 소설에 대하여'에 더 자세히 서술했다. 이 세 작가의 작품은 전염병으로 황폐해진 대도시(『재와 빨강』[4]), 편의점이라는 자본주의의 탄생과 구매로 추적이 가능해진 사회통제(「나는 편의점에 간다」[5]) 그리고 백화점에서 소비 열풍이 불기 시작했던 시기의 외모 지상주의(『죽은 왕녀를 위한 파반느』[6])—나는 마지막 두 작품을 공역한 것을 기쁘게 생각한다—를 보여준다. 이 소설들은 다가올 혼란을 예고하고 있다. 경제, 사회의 잠재적인 바이러스는 급격한 변화에 우선적으로 청년들과 빈곤층을 덮친다. 장강명의 『표백』이 이를 잘 반영하고 있다.[7] 꿈도 없고 방향도 잃은 청춘들은 사회의 일탈에 반대할 수 있는 계획의 탄생을 기원한다. 나침반을 잃은 세상에서 타자와의 관계 문제는 명백하다. 타자가 옮길 수 있는 바이러스로 언제든 죽을 수 있다는 위험을 안고 어떻게 살아갈 것인가? 더 나아가 이 혼란의 시대, 집에서 꼼짝없이 지내거나 마스크를 쓰고 외출하는 데 익숙해지고 타자의 얼굴이 하나의 시선으로 국한되어버린 이 상황에서, 우리는 어떻게 공동체를 이루며 살 것인

---

4 편혜영, 『재와 빨강』, 창비 2010.
5 김애란, 『달려라, 아비』, 창비, 2019〔2005〕.
6 박민규, 『죽은 왕녀를 위한 파반느』, 예담, 2009.
7 장강명, 『표백』, 한겨레출판, 2011.

가? 우리는 시선만 남은 타자의 얼굴을 우리의 의식 속에 형성되는 얼굴로 인식한다(레비나스Emmanuel Levinas). 한유주의 단편소설 「막」에서 한 아이는 아버지에게 뺨을 맞는다.[8] 얼굴에 남은 폭력은 타자의 시선에 비치는 것이 마스크밖에 없는 세상에서 더욱더 강렬하게 울린다. 격리와 원치 않은 무질서 시대에는 아버지가 뺨을 한 번 더 때렸을지도 모른다. 그러나 이 폭력이 일으킬 피해를 사람들은 알까? 이 소설은 부부와 아이들이 오랫동안 어쩌면 좁은 공간에서 지내야 하는 강제 칩거 상황에서, 자신만의 영역 없이 긴 시간을 보내는 것의 어려움, 보이지 않는 적이 끊임없이 무질서를 야기할 때 타자를 이해하는 것의 어려움을 알려준다. 2020년 프랑스에서 별거 및 이혼율이 폭등했다. 이에 은희경의 소설 속 세상은 시기적절하다. 「아내의 상자」는 서로 분리된 정신적 여정을 이어가면서 서서히 해체되는 부부 관계를 그리고 있다.[9] 타자는 모르는 사람의 옷을 입고, 필자는 모르는 사람이 고립되어 있는 집에 틀어박힌 여자에게 아무 이유 없이 겁을 주는 서사에서 다름이 불러일으키는 두려움을 발견한다. '외부의 윤리―이승우의 단편소설에 대하여'에서 그의 단편 「넘어가지 않습니다」에 등장하는 타자는 동남아 출신이고 요즘 같은 세상에서는 난민일지도 모른다.[10] 세상이 미쳐가는 시절에 『미쳐버리고 싶은, 미쳐지지 않는』을 맞서다―이인성의 장편소설에 대하여'는 필연적으로 살풀이처럼 강렬한 감동을 주었

8   한유주, 『얼음의 책』, 문학과지성사, 2009.
9   은희경, 『상속』, 문학과지성사, 2002.
10 이승우, 『모르는 사람들』, 문학동네, 2017.

다. 이렇게 나는 1부의 제목을 '나와 나의 적'이라 붙이고 한국문학의 산책이라는 미명 아래 팬데믹을 은유화하면서 그 중요성을 내세웠다. 물론 내가 작업하지 못했던 글에 대한 빚은 크게 남을 것이다.

이렇게 산책을 통해 한국문학과 프랑스에서 출간된 한국 작품을 되살리고 있지만 장 지오노가 암시하는 기쁨은 없다. 걸으면서, 암울한 나날이 실어 오는 슬픔을 쫓아내면서, 한국에서 겪었던 또는 한국 친구들과의 추억들이 떠오른다. 전 세계를 휩쓸고 있는 대재앙의 한가운데에 잠시 쉬어가는 가벼운 글을 '2부 막간극'으로 넣었다. '나는 작품 속에 산다'는 기억의 해학을 위해서이고, '새벽 세 시 포장마차에서'는 모든 친구들이 내가 즐거이 드나드는 곳이라는 것을 잘 알고 있는 포장마차의 풍경이다. '조에 부스케의 방'은 1차 세계대전 때 젊은 나이에 부상을 입고, 한국 작가인 친구와 함께 방문했던 그 방에서 37년간 침대에 누워 글을 썼던 작가의 운명을 그렸다. 엑상프로방스Aix-en-Provence를 산책하던 중 예전에 살았던 한국 친구들의 얼굴이 골목길 벽에 비춰졌고 기억을 되살리는 것이 얼마나 중요한 일인지 생각했다. 그렇게 초현실주의자들이 만들었던 놀이를 기리며 '나의 우아한 시체'에 그들을 하나하나 불러보았다. 그리고 '마주 잡은 손'은 세상이라는 배가 어떻게 표류하든 나의 아내 손을 꼭 잡고 살고 싶은 내 마음을 기억하기 위해 썼다.

'이후의 세상'이라 제목을 붙인 3부는 우리가 현재 겪고 있는 암울한 상황과 반대되는 다른 시선이다. 이러한 시대를 살아가더라도 우리는 지혜롭게 해결책을 찾을 수 있을 것이다. 앞서 언급한 이승우의 소설 『캉탕』을 읽으면서, 나는 스스로를 억압하던 과거가 한 인생에서 차지하는 위치와 기억이 끼치는 영향에 대해 깊이 생각할 수 있었다. 표현력 넘치는 황석영의 작품 또한 과거의 세상뿐만 아니라 미래의 세상을 명확히 볼 수 있었다. '작품 속 관대함—황석영의 소설에 대하여'는 이 책의 결론에 붙이는 서두라 하겠는데, 분열된 세상을 구원하려는 마음처럼 관대함을 생각하게 해줄 것이다. 마지막으로 우리가 겪고 있는 혼란은 '빨리'가 필수불가결한 조건이 된 경제적인 측면에서만 삶이 구성될 수 없다는 것을 일깨워준다. 범세계적 운동인 슬로시티를 지향하는 '한국의 느린 도시들'은 느림과 문학이 좋은 삶의 필요조건이 된다는 본보기이다. 나는 우리가 행동 방침으로 느림과 관대함을 채택한다면 인류는 병폐를 해결할 수 있으리라 확신한다.

우리는 좋은 감정에 결코 인색하지 않기 때문이다.

차례

1부

나와 나의 적

일러두기

1. 인명, 지명 등 고유명사의 외래어 표기는 국립국어원 외래어표기법에 따랐다. 단,
   원어 발음과 외래어 표기상의 차이가 클 경우에 예외를 두었다.
2. 원문에서 이탤릭체로 강조한 부분은 이탤릭체로 표시했다.
3. 인용문의 경우, 국내 번역본을 참고한 곳은 원서 대신 해당 도서를 출처로 기재하
   였다. 그 외에는 이 책 옮긴이의 번역임을 밝혀둔다.
4. 각주는 모두 지은이 주이며, 옮긴이 주의 경우 '─옮긴이'로 표시하였다.

한국문학 속 적의 형상

오, 이 괴로움이여! 시간은 생명을 좀먹고,
이 보이지 않는 원수는 우리 심장을 갉아먹어
우리가 잃은 피로 자라고 튼튼해진다!
—샤를 보들레르, 「원수L'Ennemi」

한국문학은, 특히 제2차 세계대전 이후, 몇몇 소수 문학에서
처럼 국가의 역사적 사건들과 그것을 바라보는 작가들의 해석
사이에 상관관계가 있음을 보여준다. 이런 맥락에서 한국문학
은 정치적 상황에서 자유로울 수 없었고, 수많은 문예사조가 국
가, 국민, 주권과 같은 문제를 다루었다. 피에르 마슈레Pierre
Macherey는 이에 대해 "문학작품은 있는 그대로의 언어와 관계
를 맺는다. 그리고 그러한 언어를 통해 언어의 다른 사용, 이론
적이고 이데올로기적인 사용과 관계를 맺고, 〔……〕 이데올로기
를 매개로 하여 사회적 형성의 역사와 관계를 맺는다. 〔……〕 요

컨대 책은 절대 혼자 오지 않는다"[1]고 말했다. 19세기 말 외적이
었던 일본, 적국이 되어버린 우리의 형제 북한과 같은 적의 형상
은 한국 현대문학에서 두드러진다.

적은 어떤 상황이나 사람으로부터 이득을 취하고자 상대에게
유해한 행동을 하고 현재든 미래든, 적이 있는 곳에는 피해가 따
른다. 위협이 존재하고 심지어 위협이라는 관념이 자리 잡게 된
다. 이는 적이 사라진다고 해서 없어지는 것이 아니다. 한국에
수많은 적이 있었고, 한국문학에서 암울한 시대의 표상이 되었
다. 일본이라는 적, 북한이라는 형제이자 적, 전쟁이라는 재앙,
이 세상 어느 곳에서도 찾을 수 없는 평화, 1960~1990년대의
독재, 성장제일주의에 입각한 급속한 산업화 등 이 나라가 겪어
온 시련만큼이나 다양한 적의 모습은 때로는 존재-부재의 형태
를 띠면서 한국문학에 지배적인 요소로 자리 잡았다.

한국문학은 적과 함께 살거나, 적을 바라보거나 무시하거나,
적에 저항하거나 도전하거나, 적을 몰아내거나, 적에 협력하는
데 익숙해졌다. 거의 90년간 지속적인 적의 존재로 인해 한국에
서의 적은 개인적, 집단적, 더 나아가 국민 정체성의 일부를 구
성했다. 이 적은 반대 세력들(그리고 타협 세력들)을 결속시키면
서 보전하려는 힘을 동원했다. 이는 사람들이 (대체로) 어제의
적에게 반항하고 어제의 적을 제거하려 한다고 생각했기 때문
이다. 적을 무효화하는 것은 반대 세력의 의지를 객관화하는 것

---

1 피에르 마슈레, 『문학생산의 이론을 위하여Pour une théorie de la production
littéraire』, 윤진 옮김, 그린비, 2014, pp. 85~86(Original Language Edition:
1966).

이다.

한 나라의 정체성은 그 나라의 언어, 문화, 영토 혹은 역사 속에서, 또한 이웃 국가들과의 적대감과 갈등 속에서 형성된다. 그러므로 정체성은 한 국가는 물론, 한 개인의 역사적 시간을 조절할 수 있는 통합적 가치로 구현된다. 이러한 관점에서, 적이 차지하는 위치는 특별하다. 집단의 역사를 변화시켰기 때문이건, 알 수 없는 목적으로 만들어졌기 때문이건, 적의 존재로 인한 위협은 투쟁이 막바지에 다다르더라도 사라지지 않는다. 적은 선(善)을 정의하고, 위협을 받는 이를 적보다 더 나은 존재로 변모시킨다. 적은 고발하고 맞서 싸워야 하는 대상이자 영감의 원천이므로, 한국문학은 적에게 서사의 중심축이 될 정도로 지배적인 지위를 부여했다(사실 달리 어떻게 할 수 있었을까?). 적은 이런 구체적인 역할 외에도 원동력을 구체화하면서 상징적인 역할도 하여 사고(思考)의 흐름을 만들고 한국문학을 구성하는 요소가 된다.

내 안의 적

현재 삼십대 젊은 작가들은 독재 정권이 끝나가고 민주주의가 태동하던 시기(1993년) 즈음에 태어났다. 어제의 적은 이미 밝힌 대로 본성이나 의도에서 단일성과 동일성이란 특징을 띠고 있었기 때문에 쉽게 구별해낼 수 있었다. 자신의 목표로써의 대상은 명확했다. 그런데 그토록 오랜 기간 우리의 정신을 지배했던 적이 사라진다면 어떻게 될까? 인간의 영혼이 가진 특성상 영원히 사라지는 것은 없다. 인간의 의고주의는 항상 사라진 흔적을 간직하고 있다. 육체는 결핍을 참지 못한다. 적이 표상했던 그의 정체성은 현대의 레이저광선 아래 사라지지 않고 전향한다.

70, 80년대에 태어난 젊은 작가들—적절한 명칭은 아니지만—은 적어도 표면적으로, 더 정확히 말하자면 앞서 언급한 의미에서 적을 기폭제로 삼지 않고 영감을 주는 원천을 새롭게 변화시킨다. 젊은 작가들이 태어난 시기에 한국 역사상 가장 비극적인 사건 중 하나인 광주민주화운동을 무력으로 진압하던 과정에서 무차별 민간인 학살이 일어났다. 한국은 비극적인 숙명에서 벗어날 수 없을 것 같았지만 광주 학살이 그 시대를 피로 물들인 마지막 사건이 되었다. 그러나 역사의 영향력은 그것을 야기한 사건이 사라진다고 해서 함께 사라지는 것이 아니다. 사회심리학의 아버지, 귀스타브 르 봉은 그러한 흔적에 대해 다음과 같이 표현한다. "한 민족의 삶과 제도, 신념, 행동은 보이지 않는 영혼으로 엮은 보이는 실타래일 뿐이다. 민족마다 해부학적 특징만큼이나 일정한 정신 구조를 지니고 있다."[2]

『슬픈 열대Tristes Tropiques』에서 클로드 레비-스트로스Claude Lévi-Strauss도 같은 맥락으로 말한다. "개별적인 인간 존재들과 마찬가지로 인간 사회도 [……] 결코 절대적인 방식을 창조해내는 것은 아니다. [……] 인간 사회란 재구성이 가능한 관념의 저

---

2 Gustave Le Bon, *Lois psychologiques de l'évolution des peuples*, Paris: Félix Alcan, 1895, p. 13.

장고로부터 어떤 결합들을 선택해낸다."[3] 또는 르낭Ernest Renan
에 따르면, "개인과 마찬가지로 민족 역시 노력과 희생, 그리고
오랜 헌신으로 일구어내는 기나긴 과거의 결실인 것입니다. 조
상들에 대한 숭배는 지극히 정당한 것입니다. 조상들 덕분에 현
재의 우리가 있으니까요."[4] 그렇게 "민족은 현재의 민족을 구성
하는 하나의 보편적 영혼과 진정한 도덕적 단일성을 지니고 있
다. 〔……〕 이 단일성은 특히 언어로 표명된다."[5] 이러한 사상의
계보에서, 실재했던 어제의 적들은 은유적인 형태로 계속 존재
할 것이다. 젊은 작가들은 가슴 아픈 역사를 겪지 않았지만 그렇
다고 적의 형상으로 표현되는 이런 영감의 원천에서 자유롭지는
못할 것이다. 90년대부터 민주주의의 도래와 함께, 한국문학에
서 영감의 원천 중 하나가 슬그머니 사라지는 것을 보게 될 것이
다. 그러나 위대한 역사에서도 억압된 것의 회귀는 작용한다. 아
마도 전 세대 작가들이 행한 모든 것에 의해 결정될 현 세대 작
가들의 말없는 계보의 가능성이 존재할 것이다.

　한국인들은 지난 세기 동안 이 적에서 저 적으로 옮겨갔다. 자
신과 대적한다고 생각하는 일차적 필요성 이상으로, 적은 적이
라는 단위를 조성한다. 어떤 대상이나 어떤 적의 형상에 전념하
다가 한 집단이 자신에게 가해진 트라우마를 받아들일 수 없어

3　클로드 레비-스트로스, 『슬픈 열대』, 박옥줄 옮김, 한길사, 1998, p. 354(Original
　　Language Edition: 1955).
4　에르네스트 르낭, 『민족이란 무엇인가Qu'est-ce qu'une nation?』, 신행선 옮김,
　　책세상, 2015, p. 80(Original Language Edition: 1882).
5　Philippe Barthelet, *Joseph de Maistre*, Lausanne: L'Age d'Homme, 2004, p. 459.

한국문학 속 적의 형상　23

자기애적 인격 장애와 같은 행동을 보이는 방어기제로 변한다.[6] 이러한 관점에서, 적은 그 집단에 모종의 내적 균형을 보장하는 존재인 것이다. 적은 자신을 몰아내려는 이에게 안부를 전하며, 그렇게 자아 방어기제를 만들고, 자신도 한 정체성이 된다. 사람들은 오래된 악령을 물리쳤다고 생각하지만, 다른 적들이 은유적 형태로 불쑥 나타난다.

『적을 만들다*Costruire il Nemico*』에서 움베르토 에코Umberto Eco는 다음과 같은 일화를 들려준다. 뉴욕에 간 에코는 파키스탄 출신 택시 기사에게 어디서 왔느냐는 질문을 받는다. 이탈리아라고 대답하자 "우리의 적은 누구냐? 〔……〕 우리를 죽이고 또는 우리가 죽이는 역사적인 적들이 있을 것 아니냐?"[7]고 묻는다. 결국 에코는 "우리는 누구와도 싸우지 않는다. 〔……〕 우리의 마지막 전쟁은 반세기 훨씬 이전에 일어났으며, 더욱이 하나의 적과 전쟁을 시작해서 다른 적과 전쟁을 마쳤다"고 말한다. "진정한 적들을 두지 않았던 것이야 말로 이탈리아가 지닌 불행들 중 하나"라는 그의 생각은 "적을 선택할 때엔 아무리 조심해도 지나침이 없다"[8]고 한 오스카 와일드Oscar Wilde와 맥락이 닿아 있다.

적은 한 사회에 필수 불가결한 존재다. 에밀 시오랑Emil Cioran은 "적이 없다면 소모적인 전투를 치르게 될 것이며, 신경증으로

---

6 Bernard Lonjon, "La psychose de l'ennemi chez l'écrivain", in *Sociétés*, 2003. 2.
7 움베르토 에코, 『적을 만들다: 특별한 기회에 쓴 글들』, 김희정 옮김, 열린책들, 2014, pp. 11~12(Original Language Edition: 2011).
8 오스카 와일드, 『도리언 그레이의 초상*The Picture of Dorian Gray*』, 이선주 옮김, 황금가지, 2003, p. 21(Original Language Edition: 1890).

인해 쓸데없는 긴장을 느끼게 될 것이다"[9]라고 말한다. 적은 우리의 경각심을 유지하게 한다. 적은 끊임없이 나타났다가 사라지고, 불확실성 때문에 상상할 수 없는 존재로 변할 수 있다는 것을 보여준다. 닥쳐올 위협이 없을 때, 2000년대에 등장한 컴퓨터 버그와 같은 적이 만들어진다. 말하자면 적은 한 민족의 면역 체계를 강화하고 그들의 관심을 불러일으키는 데 도움이 되므로 사회에 필요한 존재인 것이다. 적이 개인을 은신처로 생각한다면 더욱더 그렇다. 적은 내부의 적, 자기 자신의 또 다른 면이 되어 흔히 눈에 보이지 않고, 힘을 모으는데 유용하고, 뇌리에 떠나지 않을 정도로 매혹적이어서 들리면 거슬리지만 사라지면 더더욱 짜증 나는 소음 같다.

물론, 여기서 다루고자 하는 것은 적에 대한 변론이 아니라 적이 가지는 문학적 기능의 유용성이다. 우리의 방어적 성격의 방향을 정하고 생존 본능과 창조적 에너지를 불러일으킨다는 점에서 적은 우리에게 (다시) 유익해진다. 기상이변과 팬데믹, 시장 독점에 대한 투쟁은 한 국가가 공동의 이상을 중심으로 결속하게 만들 뿐이다.

한국 역사 속에 수백 년간 존재한 적의 형상들이 멀어질수록 현대의 적들이, 그들과 함께 젊은 작가들의 작품에 영감을 주는 새로운 원천들이 나타난다. 장 들뤼모는 유럽의 공포에 대해 연구 고찰한 저서에서 (도덕적·정치적) 권위가 사라진 모든 시대

---

9 에밀 시오랑, 『독설의 팡세 *Syllogismes de l'amertume*』, 김정숙 옮김, 문학동네, 2004, p. 162(Original Language Edition: 1952).

에 온갖 종류의 공포가 빈 공간에 파고들었고, 현실 또는 상상 속 적들을 만들어냈다는 사실을 보여준다.[10] 비어 있는 공간에서 대중 독재 정권의 부상을 목격하기란 그리 어려운 일이 아닐 것이다. 1990년 이전의 문학은 역사적 사건들로 점철되어왔다. 1990년대 이후 신유교주의의 약화, 동시에 소비사회의 부상으로 인해 작가들은 영감의 원천을 개인이나 개인의 내면, 개인의 욕망과 공포, 결핍으로 돌렸다. 70, 80년대의 문학은 개인적 강박 관념들을 표현하기 위해 점차 자취를 감췄다.

이러한 영감의 원천은 다른 여러 나라에도 고독, 기술 중독, 소통의 어려움, 시민 정신의 결여, 의존성, 가상 세계, 의식과 정체성의 위기와 같은 익숙한 형태의 적들로 특징지어진다. 황금만능주의, 전쟁, 팬데믹, 커져가는 불안감, 소비사회와 같은 세계적인 신화 속 악마들이 만들어낸 보편적 공포들만큼이나 많은 적이 있다. 경제 발전은 파괴라는 전례 없는 형태들을 낳고 한 세대의 작가들에게 새로운 문학적 영감을 이끌어낸다. 이는 편혜영의 사방으로 뻗은 도시, 김애란의 붕괴되는 가족, 정이현의 소비사회가 그러한 경우라 할 수 있다. 아니면 다양한 방식으로 조합된 이 모든 악을 온갖 수단을 써서라도 물리쳐야 할지 모른다. 박민규는 단편 「카스테라」에서 미국을 비롯한 세상에 창조된 모든 해악들을 집어넣는다.[11] 과거 유교 사상을 기반으로 맺어진 가족 관계는 젊은 작가들의 비난을 피하지 못한다. 아버지

---

10 Jean Delumeau, *La Peur en Occident*, Paris: Fayard, 1978.
11 박민규, 『카스테라』, 문학동네, 2005.

는 한국 사회에 고유한 여러 이유로 인해 우스꽝스러운 인물로 풍자되며, 가족 안에서도, 밖에서도, 가족이 해체되었을 때 고통을 주는 주된 원인이 되기도 한다.

적은 전향한다. 이제 보이지 않거나 자신과 가까운, 자기 자신, 도시, 아파트 단지 안으로. 그리고 젊은 작가들의 작품 속 인물들은 더 이상 영웅이 아니라 돈 한 푼 없는 대학생, 주유원, 편의점 아르바이트생 혹은 지하철 푸시맨 같은 사람들이다. 안티히어로인 이런 인물들은 이해할 수 없는 세상으로부터 소외되어, 자본주의를 누리면서 고발하기도 한다. 이러한 "에어컨 악몽"[12]에서 벗어나려면 부조리, 조롱, 블랙 코미디, 때로는 공상과학소설에 가까운 상상 속에서나 가능하다. 한국과 한국문학에 애정을 갖고 있는 르 클레지오는 "한국의 과거는 해소되지 않았다. 과거는 젊은 작가들의 상상 속에서 다시 나타나 신화와 강박관념을 만들어내고, 진리를 추구하는 것처럼 때로 복수를 맛볼 수 있는 신랄한 조롱에 자양분을 공급한다"[13]고 말했다. 융은 자신의 저서에서 집단 무의식은 유전적으로 전달된 원형들과 본능들의 집합체이고 보편적인 내용을 지니고 있으며 신화, 예술 작품, 신앙과 같이 풍부한 상징적 창작물들의 집합체를 통해 표현된다고 주장하지 않았던가.[14]

---

12 Henry Miller, *The Air-Conditioned Nightmare*, New York: New directions, 1945.

13 Jean-Marie Gustave Le Clézio, "Lettres de Corée" in *NRF*, 2008. 4, pp. 191~93.

14 C. G. Jung, *Von den Wurzeln des Bewusstseins: Studien uber den Archetypus*, Zürich: Rascher Verlag, 1954.

포스트모더니즘의 후예는 이러한 유산과 싸워야 한다. 옛 이야기들을 부, 상품, 감정, 오락 등의 지속적 증대라는 단 하나의 이야기로 녹여버리는, 몇백 년에 걸쳐 형성된 가치 위에 구축된 "거대 서사"[15]의 종말은 행복을 담보로 한 것이었다. 이 모두를 아우르는, "신경증을 일으키는" 담론은 만족스럽지 못한 현실 앞에서 도망갈 수밖에 없다. 그러나 이 신경증의 목적이 환상세계 속 쾌락의 원천으로써 한없이 "어딘가 다른 곳"을 찾는 것이라면, 현실 세계는 재빨리 경고한다. 쾌락은 서서히 줄어들어 사라지다가 끝없이 추는 원무 속에서 되살아나며, 거기서 불안과 그 필연적 결과인 두려움이 생긴다. 이 두려움은 마약, 담배, 술, 돈은 물론이고 사랑, 감정, 여행 등 쾌락을 대체할 만큼 중독적인 대상을 찾게 한다. 현대의 적은 분열된 적이며, 과거의 적으로부터 볼 수 있었던 상황마다, 영혼마다 적용 가능한 특징들은 드러나지 않는다. 또한 이전의 적들과 성격이 다른 위험 요소여서 이질적인 반응을 일으키는데, 저마다 이러한 위험이 지닌 여러 양상 중 한 가지만 보여줄 뿐이다.

김애란은 1980년생 작가이다. 단편소설 「그녀가 잠 못 드는 이유가 있다」에서 '그녀'는 불면증을 악화시키는 적으로 아버지를 그리고 있다.[16] 그녀는 아버지가 집을 망하게 했고 어머니를 쓰러지게 했으며, 무책임하고 술 냄새를 풍기는 아버지 때문에 잠 못 이룬다고 생각한다. 비록 화자는 아버지를 원망하지 않지

---

15 장-프랑수아 리오타르, 『포스트모던의 조건La Condition postmoderne』, 유정완 옮김, 민음사, 2018, pp. 20~21(Original Language Edition: 1979).
16 김애란, 『달려라, 아비』, 창비, 2019〔2005〕. 이후 인용 시 해당 쪽수만 밝힌다.

만 용서할 수는 없기 때문에 아버지는 불면증의 적에서 그저 적 그 자체가 된다. 그녀는 아버지를 우스꽝스럽게 묘사하면서 복수한다.

> 그녀는 매일 밤 열시면 집에 돌아와 방바닥으로부터 반쯤 솟아 오른 아버지의 상반신을 봤다. 그러곤 이불 안에 감춰진 아버지의 하반신이 저 밑 콘크리트 속으로 한없이 뿌리 내리는 상상을 했다. '어쩌면 아버지에게는 애초에 하반신이 없었던 것 아닐까? 아버지를 너무 오랜만에 만난 까닭에 내가 그 사실을 잊어버린 것은 아닐까?'(pp. 166~67)

김애란의 세계는 잠 못 드는 나와 복수하는 나로 분열된 세계다. 여기서 적은 자신 안에 있고, 청산해야 할 것도 자신과 자신 사이에서 청산된다. 그녀는 구원받을 수 없는 아버지에게 자신의 모든 악을 퍼붓는다. 행복했던 시절의 추억에서도 의구심을 떨치지 못한다. "아버지가 하는 일치고 잘되는 게 있었던가"(p. 170).

김애란의 작중 인물들은 단지 현대 세계와 피상적 소통만을 자기 내부의 적이라 지칭하지 않는다. 외면성 전체가 적이 되고, 그 필연적 결과로 존재하는 것, 타자를 위해 존재하는 것이 불가능해진다. 상대이자 숨 막히는 행동과 규범의 생산자였던 타자는 빠르게 내면의 적이 된다. 세상은 화자에게 하기 힘든 자기 정당화를 강요한다.

> 그녀는 항상 거절을 두려워하며 오해에 쩔쩔맸다. [⋯⋯] 요구

하지도 않은 해명을 하며 자신을 의아하게 쳐다보는 사람 앞에서 '그게 아니고……'라며 더 많은 말들을 늘어놓았다. 〔……〕 그녀는 자신을 바꿔보려 했다. 그녀는 변명만 하고 사는 인간은 되고 싶지 않았다. 그러나 오해를 견디고 사는 일이란 얼마나 더 외로워야만 가능한 것인지. 그녀는 그것이 세상에서 가장 어려운 일처럼 느껴졌다. (pp. 156~57)

김태용 소설집 『풀밭 위의 돼지』에 수록된 단편 「검은 태양 아래」에서, 우리 내면의 적은 화자의 억제할 수 없는 욕망이라는 형태로 나타난다.[17] 친구의 결혼식 사회를 맡은 화자는 평소 흠모하던 여자가 신부인 것을 보고 결혼식장 담당자가 내미는 대본을 읽기는커녕 충동적이고 즉흥적인 말로 사회를 엉망진창으로 만들어버린다. "처음 저 녀석이 나에게 결혼식 사회를 부탁했을 때 저는 내가 왜 그런 짓을 해야 하냐고 물었습니다. 녀석은 나에게 자신이 가장 사랑하면서 존경하는 친구라고 말했습니다. 〔……〕 저 녀석처럼 멍청하고, 인색하고, 탐욕스러운 사람은 세상에 별로 없을 것입니다. 〔……〕 여러분 부디 저 덜 떨어진 녀석의 결혼을 지나치게 축하해주지 마십시오. 여러분의 박수와 부러움에 녀석은 정말 여러분들이 자신의 결혼을 축복해주는지 알고 미쳐 날뛸 것입니다"(p. 14). 그는 웃음을 자아내게 하면서도 신랄한 혹평을 쏟아내고 난 후 다음과 같이 결론짓는다.

---

17 김태용, 『풀밭 위의 돼지』, 문학과지성사, 2007. 이후 인용 시 해당 쪽수만 밝힌다.

"그러나 그럼에도 불구하고 이 결혼이 무효화될 수 없는 것은 이미 신부의 뱃속에는 아이가 자라고 있기 때문입니다. 물론 그 아이가 저 녀석의 아이인지는 알 수 없습니다만"(p. 15). 우리는 여기서 그들의 우정이 어떻게 될지 짐작할 수 있을 것이다. 그리고 화자는 분명히 말한다. "그것은 나의 솔직한 마음이기도 했지만 내가 흠모하는 그녀의 시선을 끌기 위한 작전 같은 것이기도 했다"(p. 14).

김중혁의 경우, 적은 사회를 지배하는 규범 속에서 식별된다. 소설 속 인물들은 별 볼일 없는 존재이거나 대부분 사회의 아웃사이더이다. 자신의 의지와 상관없이 우여곡절의 희생자이고, 사고를 당하거나 감금되거나 혹은 억눌린 이들이며, 인물이 빠지게 되는 함정마다 사회규범을 새로운 관점으로 바라보거나 의문을 제기하게 하는, "개인적 성장"[18]이라는 적이다. 김중혁의 인물들은, 공동체를 우선시하는 사회 속 자신이 처한 상황에서 빠져나가기 위해서는 자기 자신 말고 달리 의지할 사람이 없다는 것을 잘 알고 있다. 혼자 사회적 규범에 맞서 폭넓게 대응해야 하며, 적에 맞서 싸우기보다 피해가려고 한다. 자신이 만든 정신 범주를 명확히 하려고 악기들에 새로이 이름을 붙여주는 이처럼, 그리고 자신의 결점에 개의치 않고 마침내 공연 기획자로서 성공한 음치 합창단원처럼.

김사과의 적은 한국 교육 시스템에서 찾아야 한다. 한국의 교

---

18 Kim Jung-hyuk, *La Bibliothèque des instruments de musique*, Préface d'Aurélie Gaudillat, Fuveau: Decrescenzo éditeurs, 2012, p. 16.

육체계는 성공 지향적이며, 학생들의 심리적 장애와 획일화된 엘리트 육성 교육을 초래했다.[19] 장강명은 『표백』에서 특히 이 결과로 나타난 자살률을 부각하며, 자살과 일부 청년층의 빈곤화 원인을 자본주의적 영역으로 확장시킨다.[20] 자본주의와 소비 사회는 박민규의 『죽은 왕녀를 위한 파반느』에서도 외모나 사회가 정한 기준을 맹목적으로 추종하게 만드는 적이다.[21]

한유주의 소설 속 인물들은 삶의 불가능성을 느낄 때 살인 충동이 고개를 내민다. 이들은 침묵하고 부재하는 다른 적들에게서, 아직 어린 혹은 성숙한 작가라는 외피 아래 말없이 숨막히게 하는 힘을 본다. 대상도 표적이 된 희생자도 없는 살인의 욕망은 내면의 적이 존재한다는 표지이다. 단편 「나무 사이 그녀 눈동자 신비한 빛을 발하고 있네」의 주인공은 암 선고를 받고 죽음을 앞둔 소설가로 살의에 사로잡혀 있는 인물이다.[22] 빨랫감이 마르지 않는다는 지극히 사소한 일에서조차 살인의 욕망을 느끼는 주인공은 이러한 충동을 "오늘의 살의"(p. 51)라고 명명한다. 글쓰기와 언어는 한유주의 작품 도처에 편재해 있다. 부재만큼이나 강박적인 편재다. 이 단편의 인물인 작가는 자기가 쓴 글 한 편을 사람들 앞에서 낭독하지만 사실 쓰지 않은, 존재하지 않는 글을 읽고 있는 것이다. 존재하지 않는 글을 읽는다는 것은 언어의 무한한 다양성을 불러 모으는 것이고, 이상적 형식을 위해 작가가

19 김사과, 『미나』, 창비, 2008.
20 장강명, 『표백』, 한겨레출판, 2011.
21 박민규, 『죽은 왕녀를 위한 파반느』, 예담, 2009.
22 한유주, 『여신과의 산책』, 레디셋고, 2012. 이후 인용 시 해당 쪽수만 밝힌다.

투쟁하는 것이며, 자신에게서 도망치려는 언어를 움켜잡는 것이다. 한유주의 또 다른 소설 「나는 필경⋯⋯」에서 우리는 도망칠 것 같은 언어로 아름답게 표현한 문장들을 발견한다.[23] 언어의 공허, 언어의 욕망. 이 욕망은 「나무 사이 그녀 눈동자 신비한 빛을 발하고 있네」의 주인공 몸속에서 진행되고 있는 암의 전이만큼이나 빠르게 재활성되어, 결국 주인공은 자신이 채우지 못한 백지처럼 새하얀 눈 위에 쓰러져 죽어간다. 현대 생물학에서 하나의 세포는 주변 세포들과 '좋은 이웃 관계'를 맺지 못하거나 더 이상 맺을 수 없을 때 자기 파괴가 일어난다고 한다. 언어 체계 안에서 단어들이 서로 조화로운 관계를 이루거나 이루지 못할 때처럼. 롤랑 바르트Roland Barthes는 『글쓰기의 영도Le Degré zéro de l'écriture』에서 "언어체는 어떤 친근함을 멀리 정착시키는 인간적 지평에 불과하다. 게다가 이 친근함은 매우 부정적이다. 〔⋯⋯〕 문체는 발아적 성격의 현상이고, 어느 고유한 기질의 변환이다"[24]라고 말한다. 기질(바르트는 대문자 Humeur로 썼다)은 몸속에 존재하는 액체 물질이다. 그러므로 불안정하다. 「나무 사이 그녀 눈동자 신비한 빛을 발하고 있네」에서 한유주는 주인공이 앓고 있는 병을 실행이 불가능한 낭독과 구별짓지 않는다.

글자들을 읽을 수 없노라고, 내가 쓴 것이지만 읽을 수가 없노라고, 〔⋯⋯〕 누군가가 나의 책을 대신 읽어주거나, 혹은 다음으로

23 한유주, 『나의 왼손은 왕, 오른손은 왕의 필경사』, 문학과지성사, 2011.
24 롤랑 바르트, 『글쓰기의 영도』, 김웅권 옮김, 동문선, 2007, pp. 16~17(Original Language Edition: 1953).

이 일을 미룰 수도 있을 것이다. [……] 나는 누군가가 나의 책을 대신 읽어주기를 바라지 않는다. 내가 쓴 책을 누군가가 읽는 소리를 듣고 있는 일보다 끔찍한 일은 없다. (p. 48)

소설 속 작가를 잠식하고 있는 암은 불가능한 언어이며, 단어들의 도주인 '창백한 순간'이다. 작가의 몸속에서 자라고 있는 종양은, 「나는 필경……」에 등장하는 광대가 된 말들처럼 통제 불가능하다.

윤고은의 단편소설 「1인용 식탁」의 주인공은 혼자 식사하는 법을 알려주는 학원에 등록한다.[25] 그런데 상담 실장이라는 사람이 무엇보다 관심을 갖는 것은 소화의 질이기 때문에 혼자 먹는 법은 스스로 생각해야 한다. 이 단편에서 적은 내면의 적이다. 적은 "소화장애"(p. 11)가 있는 인물에게 위협처럼 느껴지는 타자이다. 여기서 소화는 잠재적 위협으로 간주된 타자를 자신과 동일시할 수 있는 능력으로 이해할 수 있다. 이 적은 하나에서 열까지 완전히 꾸며낸 적, 일종의 위협하는 에로스이다. "누군가와 같이 먹기 위해 우리가 낭비하는 모든 것들, 생각해봤어? 시간, 체력, 메뉴에 대한 상대방의 취향, 대화를 유지하기 위한 나의 텔레비전 시청과 영화 감상과 그 외의 모든 노력, 게다가 상대방의 개인사까지. 그 노력이면 에휴"(p. 35). 사르트르가 옳았다. "타인은 지옥이다."[26]

25 윤고은, 『1인용 식탁』, 문학과지성사, 2010. 이후 인용 시 해당 쪽수만 밝힌다.
26 Jean-Paul Sartre, *Huis clos*, Paris: Gallimard, 1947, p. 93.

내부의 적은 자신을 품고 있는 사람을 서서히 갉아먹는다. 엠마뉘엘 카레르Emmanuel Carrère는 확실하지 않은 적, 다시 말해 자기 자신을 "배 속의 여우"[27]라고 부른다. 그리고 바르가스 요사Mario Vargas Llosa는 이 적을 자기 몸 안에 있는 촌충(寸蟲)이라 부른다.[28] 이 촌충은 글쓰기이고, 사랑의 대상이 되었다가 고통의 대상이 되기도 하고, 작가는 자기 안에 있는 주인의 충실한 하인일 뿐이다. 이승우는 『한낮의 시선』에서 연가시에 대한 이야기를 들려준다.[29] 연가시는 메뚜기 배 속에 있는 유충으로, 메뚜기가 갈증을 느껴 물가에 찾아가도록 마음대로 휘두르지만, 정작 물가에 가서 세상 밖으로 나와 교미할 짝을 찾아야 하는 것은 바로 유충이다.

내부의 적은 가장 두려운 존재일 것이다. 우리를 약화시키기 때문이다. 어디선가 읽었던 보드리야르Baudrillard의 말을 기억나는 대로 쓰자면, 우리는 저마다 저주받은 부분을 밀어낸 결과, 아주 작은 바이러스 공격에도 취약해진다. 내부의 적은 우리가 현관문이 잘 잠겨 있는지 몇 번이나 거듭 확인하게 하거나, 부정적인 생각을 끝없이 되새기게 하거나, 작가를 하인으로 만들 정도로 계속해서 글을 다시 쓰게 한다. 이런 내부의 적과 더불어 우리는 평생 같은 실수들을 반복한다.

---

27 엠마뉘엘 카레르, 『나 아닌 다른 삶D'autres vies que la mienne』, 전미연 옮김, 열린책들, 2011(Original Language Edition: 2009).
28 마리오 바르가스 요사, 『젊은 소설가에게 보내는 편지』, 김현철 옮김, 새물결, 2005(Original Language Edition: 1997).
29 이승우, 『한낮의 시선』, 자음과모음, 2021〔2009〕.

적을 열거하자면 끝이 없다. 어제의 적이 오늘의 적으로 대체된다는 가정은 매력적이지만, 이 가정 하나만으로는 한국문학에 드러나는 적의 형상이라는 문제를 망라하지 못한다. 앞서 살펴보았듯이, 이전 시대에 적은 단 하나뿐이었고, 상대방에 맞서 결속시키는 사회적 유대의 수단이었다. 적에 대한 저항으로부터 생겨난 집단 정체성은, 이후 국가가 희생양 메커니즘에 빠지는 한이 있더라도, 국가에 대한 개념 형성에 기여한다. 한 나라에서 적의 존재는 직접적 힘의 균형 또는 갈등이란 관점에서, 저항력을 시험해볼 수 있게 한다. 하지만 현대의 적들이 지닌 이질성은 이런 가설을 단칼에 깨부순다. 왜냐하면 형상으로서 적은 공동체 안에서 있는 그대로 인지되어 합의가 이루어져야 하기 때문이다. 앞서 제시한 몇 가지 예에서 살펴보았듯이, 적은 은유적 형태로 나타난다. 우리는 일본, 북한, 군정부가 아니라 인간, 사물, 형식, 규범, 두려움 등으로 이루어진 집단을 상대해야 한다. 이 적들의 주요한 특징은 더 이상 방어나 집단적 대립의 대상이 아니라는 점이다. 이들은 다수가 아닌 집단의 저항 앞에서 분열되는 적이다. 한 국가 전체의 힘을 동원하지 못한다. 뿐만 아니라 개인적 시각에서 바라보기 때문에 하나로 수렴된 대응책을 요구할 수 없다.

적이 반드시 갈등의 산물인 것은 아니다. 새롭게 만들어질 수 있으며 우리가 사는 '액체' 시대라면 충분히 그럴 수 있다.[30] 우리 시대에 적은 이타성의 상징, 더 나아가 욕망을 가능케 하는

---

30 Zygmunt Bauman, *Liquid Life*, Cambridge: Polity Press, 2005.

대상,[31] 선대에 통용되던 기준들이 완전히 나동그라지면서 한 세대가 느끼게 되는 불안을 결집시킬 수 있는 방패막이가 된다. 적은 불완전성의 상태를 초월하려는 이에게 필수 불가결한 존재이다. 이는 재창조된 적으로, 일어날 법하지 않은 공격에 대비하여 방어 체계를 만든다. 적은 더 이상 내재하는 정합성이 아니라 자신을 만든 창작자와의 관계에 의해 정의된다. 이것이 바로 내면의 적이며, 우리 모두가 우리 안에 품고 있는 적이다. 그리고 적이 하나만 있다면 얼마나 다행인가! 정신분석학에선 내면의 심리적 균형을 위태롭게 하는 것을 자기 외부에 둘 필요가 있다고 주장한다. 자신이 처리할 수 없는 것은 적이라는 불안을 잘 다스리는 관리자의 형상이 되어 자신 밖으로 내던져진다.[32] 적은 더 잘 인지될 수 있는, 대중화된 형태를 위해 잠재된 이질성을 잃는다. 알랭 핑켈크로트Alain Finkielkraut는 도스토옙스키Fyodor Dostoevsky 『지하생활자의 수기』(1864)의 화자인 주인공을 오직 관객과 적이라는 이분법적 사고로 타인을 인식하기 때문에 자기 자신을 괴롭는 사람이라고 묘사한다. 니체는 『우상의 황혼 Götzen-Dämmerung』에서 "기지적인 것"을 "미지적인 것"으로 환원함으로써 마음을 가볍게 해주고, 편하게 해주고, 정신을 충족시키고, 또한 힘이 있다는 의식을 느끼게 한다고 적었다.[33]

대개 상업 세계의 악취가 나는 깊은 곳에 똬리를 틀고 있는,

---

31 이 가능성은 이후 다룰 이승우의 단편소설 「넘어가지 않습니다」에서 볼 수 있다.

32 Emmanuelle Bonneville-Baruchel, "L'ennemi nécessaire: caractéristiques psychologiques et rôle dans l'identité du sujet", in *Sociétés*, 2003. 2, pp. 5~15.

33 Friedrich Nietzsche, *Götzen-Dämmerung*, Köln: Anaconda Verlag, 1889.

세계화된 적들은 미지적인 것에 대한 불안을 구체화시킨다. 지그문트 바우만Zygmunt Bauman이 정의한 것처럼 우리가 살고 있는 액체 시대는 구성원들이 습관, 관습, 역사가 고착화하는 것을 어렵게, 아니면 불가능하게 하는 갑작스런 상황의 변화로 표현된다. 이 액체 사회의 '유동성'은 각자 필요에 따라, 또한 어떤 위험도 도사리고 있지 않을 때, 만들어낼 수 있는 맞춤형 적의 출현을 조장한다. "어떤 분야에서든 고생하고 성공한 이의 낯짝을 보라. 연민이라고는 조금도 찾아볼 수 없을 것이다. 그는 의심의 여지도 없이 적이 될 자질이 있다."[34] 적은 우리의 확신을 강화시킨다. 그리고 우리 의식 속에서 우리도 근원을 알지 못하는 극도의 불행을 파고든다. 그런 식으로 서서히 적의 형상들이 대체됨과 동시에, 젊은 작가들이 선택한 주제는 세계적인 주제로 연결된다. 우리는 젊은 작가 세대의 문학이 형이상학적 목적이든 집단 면역 체계를 방어하는 데서 비롯되었든 간에 개인적 불안의 형태로 나타나고 있다는 것을 쉽게 이해할 수 있다. 그러므로 작가 안에 주인과 하인 사이 긴밀한 관계가 자리를 잡고 있고, 언제라도 자신의 위치에서 반대편으로 뒤바뀔 수 있다는 것을 잘 알고 있다. 니체는 『우상의 황혼』에서 적의를 사랑과 대립시키고 있는데 적의는 우리 정신 작용의 승리로서, 적의 존재 가치를 이해할 수 있게 하는 것이다. 그리고 창작은 친구보다 적을 더 가까이하고 갈등이 많아야 하는데 이것이 바로 우리가 풍요

---

34 Emil Cioran, *Le Mauvais Démiurge, Pensées étranglées,* in *Œuvres,* Paris: Gallimard, 2011, p. 703.

로워지기 위해 치러야 하는 대가이다.

마치 다니던 길 여기저기에 전에 없었던 함정을 파놓는 데서 쾌감을 느끼는 장난꾸러기처럼, 우리의 적은 바로 우리 자신이라는 말을 자주 되풀이하곤 한다. 웃음거리가 될까 봐 두려워 어떤 사람에게 다가가지 못하게 하는 내부의 적, 어려운 일에 봉착하여 낙담하게 만드는 적, 폭력의 본능에 굴복하도록 부추기는 적, 정당한 야망까지도 방해하는 적이 이에 해당한다. 적은 우리 안에 잠자고 있고, 우리의 존재 방식을 따라다닌다. 적은 우리 정체성의 한 단면이다. 적은 대체로 활동하지 않지만 잠에서 깨어나면 머리가 돌아버릴지도 모른다. 그리하여 우리는 잘못이 주는 기쁨 때문에 잘못을 저지르게 된다. 잘못이라는 것을 이미 알고 있음에도 불구하고 뭔가 말로 설명할 수 없는 욕구로 인해 잘못을 저지르게 되는 것이다.

오스카 와일드의 조언을 들어보자. "적을 선택할 때엔 아무리 조심해도 지나침이 없다."[35] 또 에밀 시오랑의 조언도 들어보자. "적을 무력화하고 제거하는 가장 좋은 방법은 적에 대해 좋게 말하는 것이다. 좋은 말을 반복하다 보면 당신에게 나쁜 짓을 할 힘을 잃게 되고, 당신에게 더 이상 해를 끼칠 수 없어, 당신이 적의 원동력을 꺾어버려, 폐물이 된다."[36]

생각해봐야 할 문제이다.

---

35 오스카 와일드, 같은 책.
36 Emile Cioran, *Cahiers 1957~1972*, Saint-Amand: Gallimard, 1997, p. 819.

예견적 시각
─김애란, 박민규, 편혜영의 소설에 대하여[1]

코로나19 팬데믹은 유토피아의 종말을 알렸다. 이제부터 보이지 않고 전염될 수 있으며 계속 존재하려는 의도만을 가진 적이 우리의 자유와 포용을 박탈하고 목숨을 앗아간다. 언제나 전쟁, 정복, 침략은 (대체로 좋지 않은) 존재 이유가 있었다. 그들의 목표와 야망은 외부에 있었고, 그들의 적은 정복해야 하는 사람들이었다. 하지만 바이러스는 존재해야 하는 내적 이유만으로 인간에게 달려든다. 어떠한 가책도, 후회도 없으며 자신의 잘못에 대해 그 어떤 외교적 변명도 하지 않는다. 토마스 모어Thomas More나 허균이 상상했던 국가가 존재한다면, 그곳 역시 봉쇄령이 내려졌을 것이다. 유토피아의 전성기는 지나갔고, 이제는 디스토피아가 도래하고 있다. 이 팬데믹 사태에서 세계화는 악의

---

1 본문에 언급되는 작품은 다음과 같다. 김애란의 「나는 편의점에 간다」(『달려라, 아비』, 창비, 2019[2005]), 박민규의 『죽은 왕녀를 위한 파반느』(예담, 2009), 편혜영의 『재와 빨강』(창비, 2010). 이후 인용 시 해당 쪽수만 밝힌다.

화신인 그의 분신을 찾았고, 세계는 코로나 이전과 이후로 나뉘지만 이후의 세계는 이상하게도 이전의 세계와 닮아 있다. 이 글 제목에 언급한 작가들은 다가올 세상을 제시했다. 소설 속에서 그 어떤 기쁨도 없을 것 같은 가혹한 운명을 묘사한다. 유머가 흘러넘치는 글은 저도 모르게 존재의 힘과 같이 기쁨에 대한 애도를 만들어낸다.

민주주의와 소비 문화가 만연했던 2010년 즈음, 이 젊은 작가들의 작품, 편혜영의 『재와 빨강』, 김애란의 「나는 편의점에 간다」, 박민규의 『죽은 왕녀를 위한 파반느』는 세계화와 그것을 결정짓는 자유주의 체제에 대한 환멸과 예견적 시각을 제시한다. 한국이 제3천년기 역사의 도전에 부응하는 동안, 이 세 작가는 그들의 작품 속에 현대 우리 사회 그리고 그 너머, 세계에 대한 비관적 초상화를 그렸다.

『죽은 왕녀를 위한 파반느』에서 두 청년은 주차 요원으로 일하는 백화점에서 자본주의가 팽배한 80년대 한국 사회를 바라본다. 그들은 대량 소비로 피폐해진 정신, 행동 변화, 그리고 마케팅이 제 기능을 하는데 필요한 개인주의의 심화를 확인한다. 이 '교육의 현장'과 병행하여 자신들이 사회적으로 소외된 '아웃사이더'인을 자각하고 부(富)를 위한 치열한 싸움, 보편화된 열망에 참여할 수도 없고 하고 싶지도 않은 상태로 이 상황을 그저 지켜보기만 한다. 고등학교를 갓 졸업한 두 인물은 직업 세계와 고도성장으로 풍요로워진 사회를 겪는다. 그러나 작가는 이 풍요의 경제를 소비의 관점에서만 다루지 않는다. 대신 이 신흥 세계의 맹공격에 행동이 어떻게 변하는지를 유머러스하게 표현한다. 어떤 이는 뭔가 있어 보이려는 듯 과장된 목소리로 말을 하고, 술집의 입간판엔 맥주 아래에 영문으로 Beer가 아니라 Bear(곰)라고 적혀 있다. 다른 이는 사장에게 경례하느라 바지가 엉덩이에 끼인 채로 서 있고, 또 다른 이는 나이키 운동화 대신 짝퉁 '나이스' 운동화를 산다. 경제적 교환으로 구성된 사회는 '예전이 더 좋았지'라는 향수를 불러일으킬 수 있다. 그러나 두 인물은 그들의 시대, 빈곤의 시기에서 풍요 사회로 접어들 때 태어났다. 그들에게 향수는 불가능하다. 고통과 강압으로 이루어진 과거는 확실히 매력이 없다. 그렇기 때문에 후회할 이유는 없다. 그들은 *새로 만들어지고 있는 사회*의 산물이다. 그들은 그들의 자리가 없는 사회에서 살아야만 한다. 새로운 사회 규칙은 과잉 상태이다. 혼란스럽게 하는 것은 기준의 부족이 아니라 기준의 과잉이다. 새 시대는 긍정의 과잉으로 특징 짓는다. 욕망, 성과, 복잡한 관계 등이 넘쳐흐르는 넘침의 과잉인 것이다. 이렇게 범람하는 침략에 어떻게 저항할 수 있을까? 이 소설 전반에 나오는 비틀스의 노래와 함께 음악 속으로 도피하는 수밖에 없다. 두 친구 중 한 명은 못생긴 여자를 만나 사랑에 빠지는데, 가혹한 자본주의사회를 배경으로 특히 여성을 괴롭히는 외모 지상주의라는 또 다른 부당함을 꼬집는다. 못생긴 외모 때문에 그녀가 겪는 소외는 풍요의 사회가 제시하는 집단적 분노에 참여할 수 없거나 하고 싶지 않은 이들이 사회에서 배제되고 있다는 예증이자 그 사회가 만들어내는 고정관념이다. 그리고 그녀가 경험하는 이 소외는 뛰어넘을 수 없다. 어떠한 위로의 말로도 이 고통을 지울 수 없다. 젊은 연인이 느끼는 사랑의 감정은 적합성의 바다에 떠 있는 하나의 섬으로 묘사되며, 젊은 연인 주변으로 보호막을 세워준다. 그러나 자신의 깊은 곳에는 그 어떤 행복도 불가능하고 세상에 대한 환멸을 배출할 구멍도 없이 소설은 달콤 쌉쌀하게 끝난다.

『죽은 왕녀를 위한 파반느』가 자본주의의 침략을 그리고 있다면, 유머와 불안을 동시에 담은 김애란의 단편 「나는 편의점에 간다」는 자본주의의 영향력을 그리고 있다. 2000년 즈음, 도시는 갑자기 밤낮으로 열려 있는 편의점으로 뒤덮였다. 필자와 같은 서양인들이 생각하기에 편의점은 지금껏 누려본 적 없는 편리함과 한밤중에도 불면증을 해소할 무언가를 찾을 수 있는 장소 같다. 하지만 편의점은 사회통제를 위한 완벽한 관측소가 아닐까? 우리는 문을 열고 들어가서 점원에게 대충 인사하고 좁은 진열대 사이를 거닐고 원하는 물건들을 바라보지만 이 물건들도 우리를 관찰하고 있다는 사실은 의심하지 않는다. 소설의 주인공은 편의점 간판들을 비교하고 그 안에서 불필요한 물건들을 마구잡이로 사는 방식으로 자신의 삶을 즐긴다. 그러다 그녀는 점원이 기계적으로 찍는 바코드를 통해 그녀의 삶이 드러나고 있다는 것을 깨닫는다. 점원은 자주 사 가는 삼각김밥에서 그녀가 독신이라는 것을, 쓰레기봉투의 용량에서 그녀가 원룸에서 살고 있다는 것을, 그녀가 부끄럽게 사 가는 콘돔에서 남자친구가 있다는 것을 알 수 있다. 편의점이란 모든 것을 파는 곳이기에 열거하자면 끝이 없다. 이처럼 바코드와 카드 결제를 통해 천천히 소비자인 인물이 묘사된다. 한 사람을 추적할 수 있는 방법은 이것만이 아니다. 신용카드, 인터넷 메신저, 휴대폰 및 유료 텔레비전 채널 등을 추가하면 파노라마가 완성된다. 안면 인식, 건강 기록 및 추적 애플리케이션을 통해 우리의 움직임 하나하나가 그것에 관심을 가진 이들에 의해 추적되고 있다. 자기도 모르게 이루어진 동의에 의해 빅데이터가 만들어진다. 어디선가 읽었던 기사에서, 넷플릭스 대표는 "나는 많은 사람이 모여 있는 것을 볼 때 단지 현실에서의 알고리즘을 볼 뿐이다"라고 말했다. 그의 시야에서 사람들은 사라지고 그들의 소비 결과만 남는다. 아마존 최고 경영자는 "우리 콘텐츠가 골든글로브상을 받으면 신발 판매에 도움이 된다"고 말했다. 문화적 작품은 상업 분야의 트로이 목마와 같다. 김애란이 그린 세계는 은밀히가 아니라 적나라하게 자기를 노출한다. 통제의 본질은 변했다. 더 이상 그것은 미셸 푸코Michel Foucault가 말한 것처럼 감시하고 처벌하는 문제가 아니라 시장의 요구에 따라 충동과 행동을 불러일으키고, 모으고, 유도하는 것이고, 결국 우리를 예측 가능하게 하는 것이다. 벤담Jeremy Bentham이 고안한 감시 체제는 퇴장했다. 보이지 않고 보는 것도 한물갔다. 우리가 가지고 있다고 믿는 자유에 대한 환상 덕분에 이제 감시는 공개적으로 이루어지고, 빅브라더는 빅데이터에게 자신의 자리를 내주게 되었다. 명령문에 지배를 받는 세상. 끝도 없이 요구한다. 너가 누구인지 말해봐! 김애란은 편의점 점원을 통해 명확히 표현하고 있다. "그는 나의 식성을 안다. [……] 원한다면 그는 내 방의 크기도 추측할 수 있다. [……] 그는 나의 가족관계도 알 수 있을 것이다. [……] 그는 나의 생리 주기를 안다. 그는 정기적으로 생리대를 사가는 나를 본다"(pp. 228~29). 어떻게 빅데이터에서 벗어날 수 있단

말인가? 감시 기술의 놀라운 점은 그 의도가 이중적이라는 것이다. 사회적 행동을 감시하면서 소비 행태 또한 감시한다. 영국에서는 컨테이너에 설치된 감시 카메라를 통해 생활 쓰레기 분리 수거뿐만 아니라 각 가정의 소비를 확인할 수 있다.[2] 이 단편소설을 통해 김애란은 우리에게 소비를 통한 자기통제라는 최첨단 형태의 사회통제를 맛보게 한다.

『죽은 왕녀를 위한 파반느』에서 묘사된 세계가 적용된 현장을 「나는 편의점에 간다」에서 찾아볼 수 있다면, 「나는 편의점에 간다」의 세계는 편혜영의 『재와 빨강』에서 한층 더 괴기스러워진다. 뒤얽혀 있는 글들은 우리가 작품들 간의 관계를 엮을 수 있게 해준다. 『재와 빨강』은 끊임없이 한국 사회를 폭력적으로 징벌한다. 이 어두운 작품 세계는 서울일 수도 파리일 수도 있는 도시에 전염병이 창궐하면서 절정에 달한다. 질병이 걷잡을 수 없이 퍼지고 쥐가 들끓고, 도시는 쓰레기가 켜켜이 쌓인 쓰레기통처럼 고독이 켜켜이 쌓인 거대한 집합소에 지나지 않는다. 혼돈은 전염병을 통제할 수 없을 것 같은 한 국가를 지배한다. 혼란은 모든 책임감을 사라지게 하고, 기업의 경영자들은 그들의 사원을 전염병이 돌고 있는 나라로 거리낌 없이 발령 낸다. 지옥으로 떨어지는 각 단계는 참혹한 결말에서 뜯겨 나간 짧은 시간이다. 최악이 언제든지 발생할 수 있는 세상에서 누구도 어떠한 관대함이나 결속을 기대해서는 안 된다. 주인공은 전염병에 걸

2 Christian Laval, "Surveiller et prévenir, La nouvelle société panoptique", in *Revue du MAUSS*, 2012. 2, pp. 47~72.

린 노숙자를 산 채로 소각장 불구덩이에 내던지고 돌아가는 길에 그 역시 누군가에 의해 산 채로 불태워질 것이라는 사실을 알지 못한다. 사라지지 않으려면 적응할 수밖에 없는 한 나라의 법인 것이다. 이루 말할 수 없는 상황 앞에서 주체가 그 상황의 객체적 공범이 되는 것 외에 다른 선택의 여지는 없다. 독자는 갑자기 괴물이 된 도시를 거닐고 추악함을 규범으로 받아들이면서 자기 자신을 배신한다. "인간은 인간에게 늑대다"[3]라는 말처럼 자연 상태로 돌아간다. 카프카는 등장인물들을 보이지 않는 구조 속 졸(卒)로 만들고, 편혜영은 인물들에게서 저항할 수 있는 의지를 모두 앗아 가버린다. 우리가 상대하는 것은 더 이상 자유롭지 못한 개인이다. 모든 행동이 필요에 의해 정당화되는 듯한 적대적인 세상에서, 남자는 인간의 형태를 서서히 포기하는 것으로 반응할 수밖에 없다. 그는 인간의 형태를 동물의 논리로, 자신의 정체성에 대해 의문을 제기하지 않는 논리로 대체한다. 『재와 빨강』은 폴 오스터Paul Auster의 『폐허의 도시In the Country of Last Things』를 연상시키지만, 여기서 반환점이 있을 수 있다. 이제 남자는 비인간적인 것이 낯설지 않은 세계에서 반응할 힘을 잃는다. 카뮈Albert Camus의 『페스트La Peste』나 로스 Philip Roth의 『네메시스Nemesis』 속 그 시대가 그랬던 것처럼, 전염병의 공포 한가운데에서, 편혜영은 인간에게 생존이라는 무조건 반사를 강요한다. 편혜영의 도시는 악의 세력들이 맞서 싸울

---

3   Thomas Hobbes, *Le Citoyen*, traduit de l'anglais en 1649 par Samuel Sorbière, Chicoutimi: Col. Les classiques des sciences sociales, p. 23(Original Language Edition: 1647).

수밖에 없는 곳으로, 흐름(수요와 공급)이 응집하는 대도시나 거대도시가 개인의 원시 반사도 응집한다는 것을 넌지시 상기시키고 있다. 백화점 세일 첫날이나 게임기 새 모델 출시 당일 가게 앞에 늘어선 줄에 대해 생각해보자. 인간과 상품의 이동을 촉진시키고, 원활한 순환을 위해 도시를 건설하고, 공간과 장소를 잇고 연결하면서, 도시는 항상 더 좋고 더 빠르고 더 뛰어난 것을 제공하는 거대한 쇼핑센터로 변모했다. 이는 가장 '부정적 충동'[4]이 표출되는 곳이자 세상을 변화시키는 놀이터이다. 비록 이렇게 씌어져 있지는 않지만, 도시는 전염병을 통해 천벌을 받고 있는 지도 모른다.

이 역설적인 명령을 공공의 정책으로 변화시키면서 사고팔고, 따르고 감시하며, 허용하고 금지하는 데 많은 힘을 쏟는 한 문명의 시작을 젊은 작가들은 환멸하고, 미리 내다보고, 때로는 재미있어 하는 시선으로 바라봤다. 사라진 사회는 그들이 알지 못하기에 유감스럽게 생각하지 않고, 각종 폭력의 근원인 소비사회를 고발하면서 인간적 차원의 돌봄 사회에 대한 향수를 꿰뚫어 보기에, 우리가 한 번도 경험하지 않은 시절에 대해 그리워할 수 있는 것이다. 물론 이 세 소설은 한국문학 작품에서 분류되어

---

4 크리스토퍼 래시Christopher Lasch의 『나르시시즘의 문화*The Culture of Narcissism*』(1979), 샤를 멜망Charles Melman의 『하찮은 인간*L'Homme sans gravité*』(2002), 장-피에르 르 브룅Jean-Pierre Le Brun의 『한계 없는 세상*Un monde sans limite*』(2009), 베르나르 마리스B. Maris · 질 도스탈레르G. Dostaler 의 『자본주의와 죽음의 충동*Capitalisme et pulsion de mort*』(2009), 한병철의 『피로사회*Müdigkeit Gesellschaft*』(2010) 외에도 이 주제를 다룬 다양한 저서들이 있다.

있지는 않지만, 사람을 쫓아가게 하는 사랑, 사랑을 이루었을 때 가지게 되는 가족, 그리고 가족공동체의 무대가 되는 도시라는 사회의 기본을 건드리고 있다는 점에서 주목할 만하다. 이 작품에서 기쁨은 멀리 떨어져 있을지도 모른다.

1935년, 장 지오노는 『영원한 기쁨Que ma joie demeure』을 출간했다. 이 소설은 외딴 마을에 한 낯선 이가 나타나 마을 사람들에게 기쁨을 일깨워주는 이야기이다. 형언할 수 없는 불안이 이곳 사람들을 괴롭힌다는 것을 알게된 그는 어떤 이데올로기도 저변에 놓지 않은 혁명을 알려준다. "우리를 위한 씨들, 우리 자신의 씨도 바꿔야"[5] 하고 인간의 본질을 바꿔야 하는 혁명이다. 그는 '기쁨'을 주러 왔다. 마을 사람들이 일상 속에 묻어두었던 낯선 기쁨을.

그러나 디스토피아와 반대되는 단어로 '기쁨'을 지오노는 어떤 의미로 쓰고 있으며, 기쁨 대신 '행복'이라는 단어를 사용하지 않는 이유는 무엇일까? 고대 철학자들이 행복을 일종의 개인의 최고선인 아타락시아[6]에 가까운 지속적인 만족의 상태로 간주한다면 지오노는 기쁨을 현대사회에서는 잊혀진, 유토피아 건설

---

5   장 지오노, 『영원한 기쁨』, 이원희 옮김, 이학사, 1999, p. 92(Original Language Edition: 1935).

6   고대 그리스의 철학자들이 말한 정신적 평정의 상태를 뜻한다. 에피쿠로스 Epicouros는 일체의 종교적 미신을 척결하고 이성의 인식에 입각한 곳에 아타락시아가 있다며, 이것을 쾌락이라고 불렀다. 회의론자인 피론 등은 모든 판단을 중지하고 모든 것에 무관심하게 되면 이러한 상태가 획득된다고 주장하였다. 스토아학파에서는 모든 감각에서 야기된 격정과 욕망을 탈피하여 이성적인 냉정을 유지하는 것을 아파테이아라 하고 이러한 상태에 이르도록 권장하였다(임석진 외, 『철학사전』, 중원문화, 2009[1987], pp. 588~89).

후 생긴 감정으로 본다. 유토피아는 더 이상 토마스 모어나 허균이 그 시대에 그렸던 꿈의 나라, 이상 국가를 상징하지 않는다.

지오노에게 유토피아는 (지식과 상품의) 생산과 생산 조직에 대한 재해석에 근거한다. 필요 없는 것을 달성해야 할 목표라고 말하면서 떼를 지어 무료 서비스에 의지하거나, 어쩔 수 없이 지불해야 하는 급선무 항목을 만들어내 지배적 가치를 전도시킨다. 그외 다른 조건과 더불어 인간은 기쁨을 요구할 수 있다. 지오노는 인간의 기쁨에 맞서는 단결된 힘에 대해 의문을 제기하고 생산주의 시대를 인간이 불행한 원인이라며 비판한다. 그의 철학은 다음과 같이 요약할 수 있다. "인간은 비참의 행성, 불행한 육체가 사는 새로운 행성을 만들어냈다. 그들은 대지를 저버렸다. 그들은 더 이상 과일도, 밀도, 자유도, 기쁨도 원하지 않는다. 그들은 자신들이 창조해내는 것, 자신들이 만들어내는 것만을 원한다. 그들은 돈이라고 불리는 종잇조각을 갖고 있다."[7]

『영원한 기쁨』은 지오노의 철학적 통찰이 잘 표현된 소설이다. 비극적인 결말을 맺긴 하지만 이 세상에서 아주 작은 희망이라도 가지기 위해 밝으면서 어둡고, 열정적이면서 비관적인 이 소설을 읽고 또 읽어야 한다. 지오노는 아마도 역사가 기꺼이 되풀이 되는 암울한 시대에 대응하기 위해, 현대사회가 장악한 행복이라는 개념이나 행복이라는 이데올로기를 쫓아가지 않는다. 지오노에게 기쁨은 실천에서, 그리고 무엇보다 노동의 실

---

7 장 지오노, 『진정한 부』, 김남주 옮김, 두레, 2004, p. 30(Original Language Edition: 1936).

천에서 온다. 노동이라는 한 삶의 긴 구간은 지오노에게 기쁨의
개념을 적용할 수 있는 최상의 방법이다. 지오노는 주인이 노예
를 통해서 향유하지만 노예는 노동을 통해 자립적 의지를 획득
한다고 말함으로써 헤겔의 '주인과 노예의 변증법적 논리'와 가
까워진다.[8] 기쁨이 있으려면 역전이 있어야 한다. 스피노자의 기
쁨은 슬픔과 반대되는 욕망에서 오고 존재 유지의 노력(코나투
스conatus)을 증가시킨다. 『영원한 기쁨』은 기쁨을 노동을 중심
으로 한 집단의 기초로 만든다. 그러나 지오노는 이 집단 전체가
기쁨에 도달할 수 없다는 것을 알고 있다. "우리 자신의 씨도 바
꿔야" 하는 조건으로, 한정된 공동체만이 이 기쁨에 이를 수 있
다. 우리는 여기에서 공동체 유토피아와 1968년 이후 역도시화
를 발견할 수 있다. 니체는 이미 오래전에 말했다. "지난날에는
신에 대한 불경이 가장 큰 불경이었다. 그러나 신은 죽었고 그와
더불어 신에게 불경을 저지른 자들도 죽었다. 이 대지에 불경을
저지르고 저 알 길이 없는 것의 뱃속을 이 대지의 뜻보다 더 높
게 평가하는 것, 이제는 그것이 가장 두려워해야 할 일이다!"[9]

8 Georg Wilhelm Friedrich Hegel, *Phänomenologie des Geistes*, Bamberg:
   Wüzburg, 1807.
9 프리드리히 니체, 『차라투스트라는 이렇게 말했다』, 정동호 옮김, 책세상, 2000,
   p. 17(Original Language Edition: 1883).

『표백』, 절망의 잔재
─장강명의 장편소설에 대하여[1]

2011년 『표백』이 처음 출간되었을 때 한국 사회 전반에 걸쳐 논쟁의 중심이 되었다. 기자 출신 작가 장강명이 자살하는 청춘의 초상을 그렸기 때문이다. 소설이자 수필이라고도 할 수 있는 이 작품은 인문·사회과학 도서를 인용하며 어떤 상황에서 자살하는 것이 살아가는 것보다 낫다는 생각을 지지하는 청년들을 조명했다. 한편 와이두유리브닷컴은 자살을 생각하는 이들이 고민을 나누고 도움을 주는 사이트이다.[2] 1982년 프랑스에서 출판된 『자살, 그 실행 방법Suicide, mode d'emploi』은 자살을 옹호하지는 않지만 자살에 이르는 방법, 자살하기 좋은 장소 등이 열거돼 있어 커다란 물의를 일으켰다.[3] 한국의 이십대 청년 자살률은

1   장강명, 『표백』, 한겨레출판, 2011. 이후 인용 시 해당 쪽수만 밝힌다.
2   http://whydoyoulive.com
3   Claude Guillon, Yves Le Bonniec, *Suicide, mode d'emploi*, Paris: Alain Moreau, 1982.

경제협력개발기구OECD 국가 중 1위이고, 학교에서부터 직장에 이르기까지 과도한 경쟁이 주원인이며 현대 한국 사회를 관통하고 구성하는 이러한 흐름이 표출될 수밖에 없다. 비판받고 있는 교육제도는 실상 숲을 가리고 있는 나무이거나 어쩌면 숲을 이루는 나무이다. 교육제도만이 문제시되었다면 쉽게 해결책을 찾았을 것이다. 『표백』의 주제는 자살보다는 일부 청년들이 겪고 있는 듯한 (자살을 부추기는) 희망의 부재에 대한 것이다.

> 우리는 히피즘보다 더 거대한 정신적 유령이 세상을 지배하고 있는 시대를 살고 있다고. 우리는 위대한 좌절의 시대를 [……] 살고 있다고. (p. 19)

작품 속에서

큰 꿈이 없는 이류 대학의 몇몇 학생들은 세연을 필두로 모든 학생들을 규합하고 세상을 바꾸기 위한 투쟁에는 대의가 없다는 결론에 이른다. 능력이 뛰어난 세연은 집단 자살을 종용한다. 회피가 아니라 항의하는 수단이며, 더 이상 미래의 전망을 제시하지 않는 사회에 맞서 청년들의 집단적 반감을 보여주기 위한 정치적 행위가 되기를 바란다. 아름답고 어디서나 사랑받는 세연은 자신의 삶에서 살아야 하는 이유를 찾지 못한 것 외에 부족한 것이 없다. 그녀는 허무주의적인 투쟁의 선두에 선다. 그녀는 루이즈 미셸Louise Michel도, 로자 룩셈부르크Rosa Luxemburg도,

돌로레스 이바루리Dolores Ibárruri Gómez도 아니다.[4] 많은 것을 갖추었으나 삶의 의미를 찾지 못한다. 흥미로운 점은 여성이 이 운동의 선두로 나선다는 것이다. 그러나 이 작품은 한국의 근대화 시기의 노동조합 여성 활동가들을 본보기로 삼지 않는다. 그녀의 투쟁은 정치가 아니라 시위(정치와 시위의 뉘앙스 차이를 받아들인다면)의 차원이다. 자살이 집단적 행동에서 비롯된다 하더라도 개인적 문제라는 사실을 지우지 못한다. 그래서 집단 자살로 이끄는 명목으로 충분하지 않다. 개인적 의지가 뒤얽히면 어느 정도까지는 결심에 영향을 미친다. 즉, 집단 계획은 완벽하게 작용할 수 있지만 실행에 옮기고자 하는 주체의 병적인 경향에 기인한다는 것을 잊지 말아야 한다.

현장, 허구의 원천

『표백』은 여러 독창성을 지니고 있고 그중 첫번째는 기자 시절의 경험에서 영감을 받은 것이다. 장강명은 기자 특유의 문체에서 벗어나 소설에 자신의 경험을 잘 녹여내고 있다.

---

4 루이즈 미셸(1830~1905)은 프랑스 교육자, 문인, 무정부주의자이다. 로자 룩셈부르크(1871~1919)는 폴란드 출신 독일 사회주의자, 마르크스주의 이론가, 레닌주의 비판자이다. 돌로레스 이바루리 고메스(1895~1989)는 일명 라 파시오나리아로 불리는 스페인 바스크 정치가이며 "저들은 통과하지 못하리라!(¡No pasarán!)"라는 슬로건으로 유명하다.

기자가 된다면 뭔가 사람들의 마음을 움직일 수 있는 글을 쓰고
싶어. [……] 뉴스가 아니더라도 내가 그 의미를 알고, 그 이야
기에서 뽑아낸 가치에 대해 책임질 수 있는, 좀 더 단순한 이야
기. 그러면서 다른 사람들에게 재미와 약간의 감동을 줄 수 있는
것들. (p. 69)

　작가는 등장인물의 말을 통해 사회적 위치를 분명히 겨냥하는
기자라는 의미를 정의하고 있다. 작가는 사십대, 치열한 대학 입
시 경쟁을 통과한 '구(舊) 청년', 치열한 신문사 입사 시험을 통
과한 기자였다. 장강명은 산업화에 접어든 1975년에 태어났다.
한국이 겪어야 했던 전쟁이나 근대화로 인한 격동을 경험하지
않았다. 그러나 암울한 시기를 겪지 않았다고 해서 마음속에 간
직하고 있지 않다는 의미는 아니다. 최인호, 조세희 또는 김승
옥과는 궤를 달리하지만, 나라를 일구고 풍족한 생활을 영위한
구세대가 어려움에 처한 젊은 세대를 원조하기 위해 세금을 내
야 하는 것을 해학적으로 그려내 사회소설의 문학적 계보에 속
한다. 『표백』은 소비사회의 도래에 이바지했던 이들이 남긴 유
산 또는 빚을 암시한다. 예술, 특히 문학을 관통하는 문제를 제
기한다. 바로 개인 정체성에 영향을 끼치는 상품화다. 나라의 운
명을 지배하는 자유주의는 집단 무의식에 영향을 미치고 허구가
휩쓸려 들어가도록 틈을 만든다. 집단 노동에 순응하지 않기 위
한, 개인의 부의 축적으로 얻게 되는 행복의 약속은 더 이상 많
은 이, 특히 젊은이들의 마음을 끌지 못한다.

삶의 의미와 의미의 욕망

소설의 두번째 특징은 한국 청춘들의 어려움을 우리가 젊을 때 그리고 나이가 들어서도 자문하는 기본적 문제인 더 넓은 전체 속에 포함시키는 것이다. 삶의 의미는 무엇인가? 한 개인이 집행자의 역할만 하지 않게 하려면 어떻게 해야 할까? 『표백』은 등장인물들의 목소리를 통해 삶의 이유처럼 '시위 계획'의 필요성을 지속적으로 암시한다. 화자가 이 계획이 무엇인지 명시하지 않아 우리는 추측할 수밖에 없다. 개인적 계획인가, 그렇다면 할 말이 없다. 집단 계획인가, 그러한 경우라면 사회적 차원일 수밖에 없다. 그러나 어떤 계획인지 명시하지 않는 것, 비언어적 구현이 흥미롭다. 왜냐하면 계획을 떠올리는 것이 아니라 불러내기 때문이다. 사회조직의 유일한 방식처럼 자유주의의 승리로 발생하는 이데올로기적 공허를 나타낼 수도 있다. 문명과 종교는 언제나 욕망을 집중시키고 쾌락을 객관화하는데 전념한다. 금기에서부터 고대사회의 금기를 계승한 것은, 생산방식과 사회관계 조직 방식을 지배한다는 생각만으로 실상 더 독재적인 자유방임 사회였다. 이러한 체제에서 욕망은 가치가 상승한다. 찬양 받고 중시된다. 가령 행복의 욕망은 더 이상 향락적 '최고의 선(善)'이 아니라 존재의 목적이다. 달리 말해, 욕망의 고조라는 자유주의 체제는 자본주의적 욕망에 대한 체제의 주 목적인 상품의 소비로 방향을 돌리고 개인에게 충분한 에너지를 유지할 수 있도록 전속력으로 동작하는 기계(들뢰즈Gille Deleuze의 "욕

망 기계들"[5])이다. 덜 자유방임적 사회에서 (신경증의 원인인) 욕
망의 억제에서 우리는 그 고조, 그 욕구에 이른다. "공무원 시험
에 합격하면 애를 낳지 않고 그 대신 남들이 좆같이 양육비에 쓰
는 돈을 전부 유흥비로 쓰면서 다시는 〔……〕 이렇게 궁상맞게
살지 않을 거야"(p. 132). 욕망은 대부분의 학생들이 고르게 공
유한다. 이 욕망은 인정받는 것이고 취업이고 성공이다. 서로 닮
고 비슷해지면서 욕망은 고갈된다. 꿈꾸던 삶을 위한 더 나은 투
쟁을 하지 않지만 도달해야 하는 목표를 세운다. 가야 하는 여정
의 한 유형을 욕망으로 초기화시킨다. 욕망이 만든 폐허는 더 멀
리 확장된다. 르네 지라르René Girard가 모방한 욕망에 대해 말
했듯이, 타인이 원하는 것을 욕망하면서 욕망은 획일화된다.[6] 이
는 가능하면 명문대에 들어가는 것이고 가능하면 대기업에 취업
하는 것이다. 그리고 결혼하고 집을 소유하는 것이다. 사회적 지
위와 같은 공통된 규범에 부합할 때 성공적인 삶이 되며, 김중혁
또는 박민규와 같은 다른 작가들도 이와 같은 주제를 다루고 있
다. 그러나 모방한 욕망은 필연적인 결과, 모방한 폭력을 낳는
다. "인간 폭력의 주요 원인은 모방적 경쟁 관계다."[7] 이웃과 같

---

5 질 들뢰즈 · 펠릭스 가타리, 『안티 오이디푸스: 자본주의와 분열증L'Anti-Œdipe:
   Capitalisme et schizophrénie』, 김재인 옮김, 민음사, 2014(Original Language
   Edition: 1972).
6 르네 지라르, 『낭만적 거짓과 소설적 진실Mensonge romantique et vérité
   romanesque』, 김치수 · 송의경 옮김, 한길사, 2001(Original Language Edition:
   1961).
7 르네 지라르, 『나는 사탄이 번개처럼 떨어지는 것을 본다Je vois Satan tomber
   comme l'éclair』, 김진식 옮김, 문학과지성사, 2004, p. 24(Original Language
   Edition: 1999).

은 것을 욕망한다는 것은 결국 많은 사람이 찾을 수 있고 찾아본 다는 뜻이다. 『표백』의 청춘은 이를 잘 그리고 있다. 행동의 여지가 줄었음을 실감한다. 규범은 어린 시절부터 가장 은밀한 마음속의 욕망하는 개인을 움츠리게 한다.

자살, 신의 등장을 기다리며

자살한다는 것은 회피하는 것이다. 일방적으로 사회관계에 종지부를 찍는 것이다. 그런데 한 공동체는 운명의 단위와 같은 묵시적 관례에서 작용한다.[8] 모든 자살은 공동체에 개인을 연결하는 조약 파기에 이를 뿐만 아니라, 그 구성원을 지킬 수 없다는 점에서 공동체에 책임을 묻는다. 항의 자살은 사회가 자살을 막기 위한 행동을 취하지 않았다는 것을 자문한다. 의미가 없는 세상에 속하는 것을 거부하는 것은 부조리에 대한 해결책으로 자살을 계획하는, 니체, 카뮈 또는 시오랑이 당시 품었던 철학적 자살과 유사하다. "하느님이 등장하면 모든 게 망가져버려"(p. 20). 함축적 의미와 역설로 가득한 문구이다. 하느님이 등장한다는 것은 하느님이 존재한다는 것을 전제로 한다. 우리는 무에서 시작하지 않는다. 이 작품도 신은 존재하며 만물의 규범이라고 말한다. "저의 세계관은 세상에 신이나 절대적인 가치는 없다는 데에서 출발하기 때문에"(p. 45). 신이 등장하면 무엇을 할

8 막스 베버Max Weber와 페르디난트 퇴니스Ferdinand Tönnies가 일컫는 공동체.

까? 사원의 질서를 회복하고 모든 계층에서 경쟁의 주범인 기업가들을 쫓아낼까? 그렇다면 인간들의 마음을 달래주고 평화를 주는 신이 될 것이다. 변화의 욕망마저 상실시키면서 믿을 수 있는 사회로 이끌 것이다. 혹은 반대로, 신이 등장하면 그의 존재를 의식하고 숭배하고 문화적 규범으로써, (노골적으로 표현하자면) 질서를 지배하는 수호자로써 그를 따라야 할 것이다. 이러한 논리에서, 신은 등장하지 않고 인간이 꿈꾸던 사회의 윤곽을 정의하는 주역으로 돌아올 것이다. 『표백』의 적그리스도가 바란 것처럼 한 개인의 운명에서 큰 계획은 어디에 있을까. "과거 한국 기준으로는 큰 꿈이던 것이 이제는 그렇지 않으니까"(p. 30). 우리가 깨달았듯이 이 큰 꿈은 집단 꿈이 될 수 없다. 왜냐하면 "어차피 이 세상에 네가 원하는 싸움은 없"(p. 55)기 때문이다. 우리가 이 계획의 '규모'에 대해 의심하며 청춘 특유의 절제되지 않는 욕구를 무시한다면, 열정적으로 도약할 수 있는 계획들이 더 이상 존재하지 않는다는 것을 인정해야 하고, 이 세상에 투쟁을 제외하면 선(善)만이 보편화된다. 그렇지만 자본주의에 대항할 수 있는 사회의 유일한 형태는 몰락했다. 화자는 어려움을 자각하고 있다. "마르크스는 공산 혁명을 주장했지만, 공산 혁명에 찬성하지 않는다고 마르크스주의자가 아닌 것은 아니다"(p. 182). 대규모의 계획에 대해 생각하는 자는 자문한다. 항상 규범처럼 강요받는 경쟁과 통합으로 지친 청춘은 큰 목표를 실현할 힘을 어떻게 찾을 것인가? 화자는 자각한다. "신이 없고 내세가 없으면 역사도 없는 걸까? 그렇다고 본다면 각자의 쾌락을 추구하면 되지"(p. 68).

그 존재를 늘 의심하면서 왜 이렇게 신을 언급하는 걸까? 소설 속 적그리스도의 존재는 예수와 특히 그의 대리인들이 투쟁해야 한다는 생각을 잘 보여준다. "그리스도교에서는 도덕과 종교가 어떤 점에서도 현실과 접촉하지 못하고 있다."[9] 모든 인간을 평등하게 하면서 기독교는 모든 차별의 욕망을 무너뜨리고 노예 도덕을 만든다. "하느님이 등장하면 모든 게 망가져버려"(p. 20)를 그렇게 해석할 수 있다. 그러나 곧 불안이 뚫고 나온다. "세상에 신이나 절대적인 가치는 없다"(p. 45). 신이 존재하지 않는다면 이 공식을 어떻게 풀 것인가? 위치하고 스스로 규정하고 계획을 정의할 때부터, 명백한 절대적 가치를 어떻게 세울 것인가? "신이 〔……〕 없으면 역사도 없는 걸까?" 이 문장은 다른 문장을 설명한다. "이 최후의 인간은 타인보다 훌륭한 존재로 인정받고 싶다는 욕망 따위는 털끝만큼도 갖고 있지 않으며, 그와 같은 욕망 없이 인간은 어떠한 미덕이나 업적도 이룰 수 없다."[10] 『표백』의 등장인물은 "그렇다고 본다면 각자의 쾌락을 추구하면 되지"(p. 68)라고 끝맺는다. 결국 신보다, 역사보다 더 위대한 것이 있고 거기에 인간이 있다. 도스토옙스키도 "인간이란 넓어, 너무도 넓어, 나는 차라리 축소시켰으면 싶어"[11]라고 말했다.

9　프리드리히 니체, 『안티 크리스트』, 박찬국 옮김, 아카넷, 2013, p. 42(Original Language Edition: 1895).

10　프랜시스 후쿠야마, 『역사의 종말 *The End of History and the Last Man*』, 이상훈 옮김, 한마음사, 1997, p. 22(Original Language Edition: 1992).

11　표도르 도스토옙스키, 『카라마조프가의 형제들 1』, 김연경 옮김, 민음사, 2007, p. 241(Original Language Edition: 1880).

규범, 특이성 그리고 부여하기

『표백』의 인물들이 말하는 개인에 대한 규범의 결과를 생각해 보자. 학생이 빠져 있는 곤경은 아포리아 속에서 그의 목을 쥔다. (학업을 이어가기 위해서가 아니라)[12] 졸업장을 받기 위해 자신의 생산 에너지를 쏟으면서 자기도 모르게 상징적 빈곤을 느끼고, 그 결과 빈곤감이 자기 자신을 지배하게 된다. 인물들의 대화를 따라가면서, 각각의 꿈을 읽으면서, 대화는 결코 수준 높은 토론으로 이어지지도 않고 꿈 역시 진부한 앞날을 투영할 뿐이라는 것을 알 수 있다. 지적인 나태가 작용한 것이다. 규범은 대학 과정만을 지배하지 않고, 문화, 꿈, 의식 그리고 사랑 또한 지배한다. 역설적으로, (유교에서 비롯되기도 하고 현대사회의 영향이기도 한) 과도한 규범은 젊은 세대가 뛰어넘기 힘든 현실의 격차를 만든다. 한 집단에 소속되어 있더라도 특이성을 추구한다면 그 속에서 구분될 위험에 처하게 된다. 기준 집단 속 직접적인 사회화의 여러 형태가 개인이 이미 겪고 있는 또는 앞으로 겪게 될 다른 집단과 동일할 때 사회적 모방이 작용한다.

『표백』은 규범을 고발하고 항의 자살로 회피하는 이야기를 그리고 있다. 규범은 미셸 푸코의 담론으로 볼 때 위험한 행로라는 결과를 낳는다. 이는 대학 과정, 통합 담론, 사회적 압력의 형태,

---

12 구별하자면, 졸업장을 받기 위해 전력을 다하는 학생과 학업에 열정적인 학생 모두에게 졸업장은 하나의 성과일 뿐이다.

가족, 제도, 유연성, 그리고 학생이 지배 담론에 쉽게 영향을 받을 가능성이다. 규격화된 여정이 한국만의 특성이 아니라면 자신의 고유한 색깔로 물들게 된다. 명문 대학에 입학하기 위한 경쟁에서부터 대기업에 취업하기까지, 그리고 출발점부터 이미 그려진 인생을 사는 것. 특히 놀랄 만한 두 가지 문제는 좋은 교육이 *체계적*으로 반듯한 일자리를 좌우한다는 고정관념을 갖고 있다는 것과, 유일한 궤도만을 따라간 집단의 모든 구성원은 집단의 영향력이 없는 바깥에서는 무엇도 생각할 수 없다는 것이다. 희망이 비슷하고 경로가 휘어진 세상은 무의미만이 나타나고 우리가 빨려 들어간 허공만 남는다.[13] 한 개인의 삶은 어떻게 태어날 때부터 정해지는가? 부여된 결정에서 벗어날 수 있을까? 그에게 강요된 역할에서 벗어날 수 있을까? 작가는 시몬 드 보부아르의 『미국 여행기 L'Amérique au jour le jour』를 인용한다.

> 오늘날 신세계는 구세계만큼이나 경직돼버렸고, 사회는 본래의 유동성을 상실했으며, 자본은 몇몇 사람의 수중에 있고, 노동자의 업무는 세밀하게 정해져 있다. 기회 역시 고정되어 있어 개인은 출발부터 열린 미래를 갖지 못한다. 톱니바퀴 속에 자리 잡은 개인의 위치가 그의 인생 전체를 결정짓는 것이다.[14]

---

13 Cornelius Castoriadis, *La Montée de l'insignifiance: les carrefours du labyrinthe*, Paris: Seuil, 1996.
14 시몬 드 보부아르, 『미국 여행기 L'Amérique au jour le jour』, 백선희 옮김, 열림원, 2000, p. 49(Original Language Edition: 1954).

인간, 상품 및 자본과 함께 흐름과 속도의 영향 아래 사회는 고체 현대에서 액체 현대로 변화했다.[15] 유례가 없는 이 흐름의 가속화는 인간을 제자리에 내버려두고 약화시키고 과거보다 더 상품화한다. 하나의 기능에 사물화된 인간이 갇혀버린 마치 조현병 환자 같은 개인은 이중 임무를 부여받는다. 액체 인생에서는 자기 자신의 지배에 스스로 참여하며 액체 사회 흐름의 도구가 되고, 고체 인생에서는 강요된 기능과 자신의 욕망 사이에서 이러지도 저러지도 못하는, 인정할 수 없는 한 자리에 배정되는 것이다. 자신이 자유롭게 결정할 수 없는 인간은 자유의지라는 환상에 매달린다. 일련의 제도적 장치로 과장된, 우리의 운명으로 원하는 것을 할 수 있다는 널리 통용되는 생각은 지식인의 오래된 오류이다. 그것이 아마도 헤겔, 코제브Alexandre Kojève, 아렌트Hannah Arendt 이후, 프랜시스 후쿠야마Francis Fukuyama가 지적한 그 논란으로 유명했던 『역사의 종말』이다. 서양의 자본주의와 민주주의의 절대적 승리는 필연적인 결과로 유토피아의 종말을 낳는다. 그 점에서, 우리는 장-프랑수아 리오타르Jean-François Lyotard가 암시하는 거대 서사의 종말을 생각하게 된다.[16] 이 철학자는 인류가 스스로 해방으로 나아간다고 생각하는 데 의문을 제기했다. 우리가 같은 운명으로 연결되었다 믿는

---

15 Zygmunt Bauman, *Liquid Life*, Cambridge: Polity Press, 2005. 지그문트 바우만은 액체 사회를 소비주의의 완전한 승리로 정의한다. 끊임없고 아주 빠른 흐름에 빠진 인간을 비롯한 모든 것은 소비 대상이 된다. 이 운동의 속도는 액체처럼 사회를 불안정하게 한다.

16 장-프랑수아 리오타르, 『포스트모던의 조건』, 유정완 옮김, 민음사, 2018(Original Language Edition: 1979).

정치, 문화, 과학 및 교육 담론은 포스트모던의 영향으로 분열된다. 그 결과로, 세상이 획일화되는 반면, 전통적 가치도 정치, 문화, 과학 및 교육 담론처럼 포스트모던의 영향으로 분열된다. 바로 이것이 우리가 말하는 표백작용이다.

외부의 윤리
─이승우의 단편소설에 대하여[1]

우리는 앞으로 번민 속에서 벌거벗고 살아갈 운명, 인간의 모험
이 시작된 후부터 신들의 은혜로 어느 정도 우리가 면해왔던 일
을 이제부터 겪어내야 할 운명이다.

―마르셀 고쉐[2]

폭력적인 애인에게 벗어난 한 여자는 그가 자신을 찾아올까
두려워한다. 그 와중에 중국으로 떠난 한 친구가 그녀에게 전원
주택을 빌려주면서 그녀는 외진 곳에 몸을 숨기게 된다. 그러나
그 유숙객(앞으로 그녀를 이렇게 부르겠다)은 밤마다 누군가가
집 주위를 어슬렁거리는 인기척을 느낀다. 결국 그녀는 경찰에

---

1 본문에 언급되는 이승우의 작품은 다음과 같다. 『모르는 사람들』(문학동네,
   2017), 『욕조가 놓인 방』(작가정신, 2006). 이후 인용 시 해당 쪽수만 밝힌다.
2 Marcel Gauchet, *Le Désenchantement du monde: une histoire politique de la
   religion*, Paris: Gallimard, 1985, p. 302.

신고하고 그렇게 붙잡힌 사람이 낯선 외국인이라는 사실을 알게 된다. 그 외국인은 유숙객이 머무는 집 근처가 무선 인터넷이 잘 잡혀 가족에게 전화를 하거나 유튜브 영상을 볼 수 있는 유일한 곳이기에 그 주위를 서성거리게 되었다며 경찰에게 호소하지만 끝내 체포되고 만다. 외국인은 절대 집 안으로 들어가려 하지 않았다고 외치며 어색한 한국어로 "넘어가지 않습니다"(p. 185)라는 문장을 반복하고는 그저 와이파이를 쓰게 해달라고 간청한다. 하지만 유숙객은 이 부탁을 묵살하고 더 이상 외국인이 자기 집 근처에 나타나지 못하게 해달라고 경찰에게 요청한다.

이승우의 소설집 『모르는 사람들』에 수록된 단편 「넘어가지 않습니다」는 텍스트 전체가 속임수처럼 짜여져 있다. 외국인 노동자라는 인물을 다루고 싶은 유혹이나, 이기주의자의 욕망 혹은 문화적 차이로 인한 소통 불가능성과 관련된 욕구는 대개 이승우 작품에서 찾아볼 수 있듯이 천천히 드러나는 예기치 못한 사건의 토대를 은폐해버릴 것이다. 즉 소설을 양각처럼 움푹 파내며 구성한다.

틴 카우라는 이름의 외국인은 "약간 검은 얼굴"(p. 165)을 가진 "동남아계" 출신의 "한국말이 서툰"(p. 172) 사람으로 묘사된다. "피해의식이 몸에 밴 것" "그런 종류의 경험을 자주"한 것 같아 보이는 점, "사과와 해명의 말을 계속"(p. 165)하는 특성이 의심스럽게 하면서 여러 기준에 따라 인물이 달리 보이게 한다. 경찰은 유숙객에게 틴 카우가 위험하지 않은 사람이라고 설득하려 한다. 하지만 이런 경찰의 자비에도 굴하지 않고 집합된 모든 요소는 틴 카우를 석연치 않은 인물로 형성한다. 유숙객은 걸쇠를

단단히 걸어 잠그고, 무선 인터넷에 비밀번호를 설정하며 침묵
속에 갇힌다.

　경찰관이 나섰던 첫번째 중재는 실패로 돌아갔고, 이후 틴 카
우가 직접 요청해 두번째 중재가 이루어진다. 그는 자기보다 한
국어를 더 잘하는 외국인과 함께 다시 유숙객을 찾아간다. 틴 카
우를 위해 중재하러 왔다는 네팔 출신 외국인은 친구의 참담한
상황을 설명한다. 그리고 자신들이 다니는 교회 목사로부터 들
은 그날 아침 설교를 최후의 수단으로, 우리가 가진 것은 다 받
은 것이니 나눠주어야 한다는(「고린도서」에서 인용한) 말을 읊어
내며 그녀를 설득한다.

네팔인의 중재

　틴 카우는 거주민조차 달아나는 위험한 나라의 한 가난한 가
정에서 태어났다. 그 역시 가난해서 일을 많이 해야 하고 돈을
벌어야 하는데 비양심적인 사장에게 사기를 당하기도 했다. 누
구나 측은히 여길 만한 불행한 사람의 초상화다. 하지만 유숙객
처럼 무언가를 두려워하는 자는 감히 그를 가엾게 여길 수 없다.
경찰의 존재든 목사의 부재든 무거운 제삼자[3]의 호소에도 불구
하고 그가 처한 상황에서 벗어나게 해줄 수 있는 인물들은 아무

3　Theodore Caplow, *Two Against One: Coalitions in Triads*, N.J: Prentice-Hall,
　1968.

런 힘을 발휘하지 못한다. 그렇게 제도적인 중재는 좌초된다. 성경에서 인용한 구절 하나만으로 유숙객의 입장을 굽히기엔 역부족이다. 그녀는 자신의 두려움이 외국인의 존재에서부터 기인한 것이 아니라 다른 무언가가 집 주위에 존재한다는 것 때문이라고 털어놓는데, 우리는 이를 바로 타자(他者)의 무언가로 해석한다. "당신들이 아니라 당신들을 두려워하도록 만드는 무엇인가가 두렵다는 것이었다. 그 무엇인가가 당신들뿐 아니라 세상에 대해, 세상의 모든 사람들에 대해 두려움을 갖게 한다는 것이었다"(p. 179). 이 구절에서 나타나는 분간되지 않는 타자는 바로 자신을 찾아내려는 옛 애인이며 그녀의 두려움은 바로 그 사람 때문임을 짐작할 수 있다. 하지만 이 두려움 속에는 훨씬 더 흥미로운 점이 있다.

틴 카우의 간청이 부정적인 대답을 얻은 반면, 네팔인 친구의 논리적인 설교는 설득력을 얻은 듯하다. 서사를 통해서 유숙객의 인식에 변화가 일어남을 알 수 있다. 네팔인은 이민자들이 겪을 법한 처지를 대변하는 변호인이다. 그렇게 언어를 통해 조심스럽게 위계 구조가 세워진다. 네팔인은 틴 카우보다 한국어에 더 능숙하다는 이유로 중재자로 거듭난다. 그가 유숙객에게 틴 카우의 상황을 논하는 서사는 종교적 설교의 인용을 통해 견고해진다. 그는 순수한 교환(와이파이를 사용하는 것)의 영역을 거래 차원에서 내세우지 않고 오히려 동정심을 유발하는 측면에 위치하게 한다. 유숙객이 틴 카우에게 이득을 준다면 되레 그녀가 상징적 이득을 취하게 될 것임을 언뜻 암시하면서 말이다. 성경 인용구는 권위주의적인 논증을 대신하면서 이를 듣는 사람을 잠정적 공모자에서 자연스럽게 제외시킨다. 유숙객은 성경의 인용구와 거리를 두게 되고, 교회를 자주 드나드는 이민자는 그녀에게 동정심의 원리를 상기시킨다. 갑자기 상황이 급변하면서 그녀가 이주민이 되고 이민자는 현지인의 처지가 된다. 그렇게 자신이 낯설게 느껴지면서 그녀의 마음은 점점 약해진다. 성서의 인용구는 세 주인공을 아우르기보다 오히려 인용구를 이해하지도, 성경의 말씀을 실천에 적용하지도 않은 그녀와 거리를 두며 그녀를 죄인으로 만들고 배제해버린다. 성서의 인용구는 받은 자 (친구가 그녀에게 집을 빌려줬기에) 역시 베풀어야 한다는 것을 강조한다. 타자는 자연스럽게 일어나는 이 관대한 행위를 거쳐야만 인지될 수 있다.

응축과 이동

대담한 가설을 하나 세워보자. 틴 카우는 정당한 권리와 완전한 정체성을 가진 타자가 아니다. 틴 카우는 유숙객의 죄책감(와이파이 사용을 거부한 것)과 그의 외인적 지위(위협적 존재), 무력한 호소(경찰의 중재), 변호인의 개입(네팔인) 그리고 권위적인 논거(설교), 이 전부를 묶어내는 혼합적 존재다. 고통 속에 부스러진 고독한 개인으로서 틴 카우는 자신과 마찬가지로 고통 속에 사로잡힌 다른 한 사람에게 소통의 권리를 주장한다. 두 사람은 모두 지리적 망명 상태에 놓여 있으며, 이는 동시에 내적 망명 상태이기도 하다. 틴 카우는 비(非)이민자를 깨울 운명에 처해 방황하는 니체적 인물이다. 조엘 마도르Joël Madore는 망명을 "난폭한 세계로부터 등져버리지 않고 빠져나올 수 있도록 하는 것"[4]이라 정의할 수 있다고 했다. 즉 틴 카우는 고국을 등지고 싶어 하지 않는 것이다.

유숙객이 목사의 설교에 설득되었던 걸까? "그녀는 무언가를 강요받은 듯한 기분이 들었지만 불쾌하지는 않았다. 불쾌하기보다 불편했다. 그녀는 닫혀 있는 문이 곧 열릴 것만 같았고, 그래서 불안해졌다"(p. 180). 여기서 저절로 열릴 위험이 있는 이 문은 도대체 무엇인가? 유숙객이 느끼고 있는 긴장(그녀를 찾아내려는 폭력적인 옛 남자친구, 그녀가 틴 카우를 통해 감시당하고 있다고 생각하는 것, 그녀에게 깨달음과 동시에 구속적 형태로 제공되는 종교적 설교)은 불안감에 빠져든 한 여인의 초상을 그려낸다. 물론 우리는 에로티시즘을 내포하는 그 지독한 문, 저절로 열릴 위험이 있는 그 문에서부터 패러다임의 변화를 찾아낼 수 있다.

욕망의 문은 타자의 사랑과 기부라는 두 상징의 성스러운 존재의 시작을 향한 문일 수도 있다. 타자라는 인물 뒤에 숨이 신의 욕망이 끊임없이 나타난다. 긴장은 유숙객을 휩쓸어버리고 그 자리에 전지전능한 신의 형체, 이민자라는 인물에게 천국의 문을 열어주는 신의 형상을 겹친다. 틴 카우의 의지가 더 명확해질수록 유숙객의 의지는 더욱더 약해진다. 여기서 니체는 틴 카

4 Joël Madore, "Éthique sous tension. Le difficile équilibre des exils chez Emmanuel Levinas", in François Charbonneau, et al., *L'Exil et l'errance. Le travail de la pensée entre enracinement et cosmopolitisme*, Montréal: Liber, 2016, p. 152.

우의 힘이 유숙객의 힘을 강하게 마비시킨다고 말했을지도 모르겠다. 유숙객은 틴 카우가 자신과 같은 부류임을 알아본다. 그녀는 그가 구현하는 불안한 기묘함inquiétante étrangeté 속에서 그녀 자신을 발견한다. 익숙한 것은 공포의 원천이나 다름없다. 프로이트에 앞서 프리드리히 셸링Friedrich Schelling이 증명했던 바와 같이 어둠 속에 웅크린 채 비밀로 유지되야 했던 것이 공포(운하임리히)[5]를 불러일으키다 갑자기 치솟는다. 그리고 우리는 이 공포가 외국인의 육체로 나타났다는 것을 알 수 있다.

 여러 의미를 담은 외국인의 몸은 보호라는 환상을 품은 장소이기도 하다. 틴 카우는 자신의 육체에서 분리된다. 외국인은 언제나 '없는' 존재(육체가 없는, 언어가 없는, 지위가 없는, 권력이 없는, 안전보장이 없는 등등)이기 때문이다. 그는 일종의 별첨 부록이다. 정신분석학자 베르트랑 피레는 (문화적, 사회계층적으로) 구별되는 몸이 그 육체의 기묘함을 페티시즘의 대상으로 삼으며 투영과 보호의 환상을 선동한다고 말한다.[6] 또 다른 정신분석학자 로버트 스톨러Robert Stoller에 따르면, 유숙객이 내보이는 적대성은 에로티시즘을 부여하는 형태로 대부분의 사람들에게서 볼 수 있는 방어적 공작이다.[7] 이는 (성적) 트라우마를 호화찬란하게 변환시키는 것을 나타낸다. 틴 카우는 신체적 절정기

---

5 운하임리히Unheimlich는 독일어로 낯선 친숙함, 섬뜩함, 으스스함을 뜻한다—옮긴이.

6 Bertrand Piret, "Le corps de l'étranger dans le discours psychiatrique et psychopathologique du XXᵉ siècle", in Parole sans frontière, 2011.

7 Claude Crépault, "Le désir érotique: ce qui l'active", in Les Fantasmes, Paris: Odile Jacob, 2007, pp. 31~57.

의 나이인 이십대이고 소설 속에서 "무슨 짓을 어떻게 할지 모르는 짐승"(p. 176)으로 표현된다. 그리고 조금 더 나아가 글 뒷부분에서 틴 카우는 그녀에게 무언가를 '강요'하는 듯했고, 그녀는 그것에 "불쾌하지는 않"(p. 180)아 한다. 이승우는 『욕조가 놓인 방』에서 "자기를 표현하기 위해 활용할 수 있는 것이 몸밖에 없다"(p. 64)라고 덧붙인다.

거절은 욕망의 또 다른 형태일 수도 있다. 성서의 인용구와 페티시즘의 대상이 된 외국인의 몸은 유숙객이 거절한 것을 후회하게 하고 그녀의 판단을 바꾸는 데에 불충분한 듯하다. 틴 카우는 한 얼굴로 나타나지 않는다(레비나스는 이렇게 말했을 지도 모른다). 타인을 향한 책임 윤리를 반사하는 얼굴, 타자라는 인물이 존재하기 위해서는 그 주변에 촘촘하게 설계된 의미의 연결망이 필요하며, 이 연결망 속 각각의 요소는 오직 자신의 분신적 관계 속에서만 완전한 위력을 발휘할 수 있다. 마르크 오제는 민족학 산문 소설 『꿈들의 전쟁La Guerre des rêves』에서 한 요소에서 다른 한 요소가 떠다니며 흘러가는 미묘한 관계 속에서 불안감이 탄생할 수 있다고 주장했다.[8] 어떠한 논거도 혼자서는 설득력을 가질 수 없다. 여러 논거들이 연결망을 이루어야만 논거의 타당성을 인정을 받을 수 있다. 논거의 조합과 중재는 현실에서 틴 카우의 연약한 정체성을 부수는 만큼 그를 구제한다. 논거들을 각각 분리하면 그 효과는 떨어지지만 논거들이 서로 결합하게 되면 이내 상승작용을 얻는다. 우리는 성서 인용구가 암시하

8 Marc Augé, *La Guerre des rêves*, Paris: Seuil, 1997.

는 관용의 이념 위에 외국인의 몸을 포개면서 그렇게 그리스도의 몸을 어렴풋이 바라보게 된다. 그리스도 역시 이방인이었고, 한 남자였으며 그 또한 한 육체를 보유했지 않은가.

두려움에서 번민으로

문을 열 수 없게 만드는 두려움을 보여주는 대목은 역설적인 효력을 발휘한다. 즉 자신의 외부에 있는 모두를 두려워하는 것은 겁이 존재론적으로 자기 내면에 뿌리내리고 있다는 사실을 암시하며, 이를 명확하게 시사한다.

두려움은 그녀가 무엇을 두려워하는지 알고 있다. 유숙객의 두려움은 타자에 대한 두려움과 자기 자신의 욕망에 대한 두려움의 복합체이자 결과물이다. 두려움은 정신 현상의 가장 깊숙한 곳에 매장되어 있기에 그 두려움의 존재에 대한 명확한 이유는 없다. 결국 공백에 대한 두려움이다. 우리는 이 병합되어 굳어진 두려움을 불안이라 부른다. 불안은 불안감과 막연한 혼란의 감정으로 특징지어진다. 불안은 종종 번민과 동의어로 이해되기도 한다. 정신분석학은 불안이 성적 충동, 리비도의 욕구불만과 초자아의 금기에서부터 기인한다고 해석한다. 어떻게 보면 불안은 방어기제를 동원할 수 있는 의식을 가진 인물을 향해 보내는 위험신호라고 할 수 있다. 시오랑은 "영속적인 불안은 우리가 진정으로 두려움을 느낄 때 필요할 힘을 허비하게 한다"[9]고 말했다. 우리가 보기에 유숙객이 떠돌고 있는 이 불안의 상태는 앞으로 그녀가 개방적으로 바뀌게 되면서 자기방어 구조가 종지부를 찍는다는 것을 암시한다. 욕망은 불안과 결합해 그녀 자신의 문을 일절 열지 않겠다는, 즉 외국인에게 자신의 마음을 열지 않겠다는 죄책감을 탄생시킨다. 이 죄책감은 키르케고르의 말을 떠올리게 한다. 그는 "우리가 불행하든 아니든 모두 인간과 신 사이의 불균형에 의해 좌지우지 된다"[10]고 하며 "신 앞에서 우리는 무조건 틀리다"고 첨언한다. 종교적 규범이 잊혀질 때마다 방탕이 모습을 드러낸다.

가설을 안정적으로 만들기 위한 맥락은 다음과 같다. 유숙객은 비바람 속에서 흠뻑 젖은 채 떨고 있는 틴 카우를 발견할 것이고 그녀의 마음은 누그러질 것이다. 그리고 그녀는 틴 카우에게 자기 집으로 들어오라고 제안할 것이다. 하지만 사건에 반전이 일어난다. 틴 카우는 재차 넘어가지 않습니다를 되풀이하며 그녀의 제안을 거절하고 그저 밖에서 와이파이만 쓰겠다고 대답한다. 그렇게 틴 카우의 반응은 유숙객을 극도로 짜증 나게 하고 그녀는 틴 카우의 고집과 완강함을 불가사의하게 여긴다. 이 불가사의함은 그녀의 외부에 계속 머무를 수 없다. 결국 틴 카우의 불가사의한 위력은 질투를 일으키는 요소로 작용하고 그 질투심은 욕망의 발판이 된다. 그녀 내면에 타자를 새기려는 욕망을 레

9 Emil Cioran, *Cahiers 1957~1972*, Saint-Amand: Gallimard, 1977, p. 575.
10 Søren Kierkegaard, *L'Alternative,* in *Œuvres complètes: 4*, trad. fr. P.-H. Tisseau et É.-M. Jacquet-Tisseau, Paris: Éditions de l'Orante, p. 313(Original Language Edition: 1843).

비나스는 '타인의 욕망le désir de l'Autrui' 이라고 부른다.[11] 틴 카우는 매몰차게 거절한다. 틴 카우에게 타자란 우선 자기 사람들과 소통할 수 있는 가능성이다. 자신의 결핍에 의해 자신의 고독으로 도구화된 타자, 즉 외재성(外在性)이다. 그는 개인 영역과 안전 공간을 지키는데, 바로 이러한 인간 실존의 근본 조건은 사회적 죽음 위에서 이루어진다. 타자의 수용은 단 하나의 철학적(이타심), 정치적(분신) 혹은 사회적(정의) 동기를 통해 일어날 수 없다. "관용은 우리의 몸과 우리의 정신의 새로운 움직임을 낳는다"[12]고 데이비드 흄이 말했듯이 여기서 필요한 것은 바로 관용이다. 유숙객이나 틴 카우나 모두 이중적으로 부여되는 피해자이며, 그렇게 그들은 차례차례 다른 사람의 부정 속에 정착된다. 틴 카우는 유숙객에게서 오로지 와이파이를 획득할 수 있는 가능성만을 보기 때문에, 그리고 유숙객은 외국인을 위험의 근원으로만 보기 때문에 서로의 부정 속에 고착된다. 한 사람은 집 안으로 들어가는 것을 거절함으로써, 다른 한 사람은 집 밖으로 나가기를 거부하면서 서로를 상호적으로 배제한다. 여기서 성서의 구절은 전혀 영향력을 미치지 못한다. 와이파이를 받은 틴 카우는 유숙객이 집으로 맞이하는 그 제안을 받았어야 했고, 친구 집에서 거저 신세를 지고 있는 유숙객은 자발적으로 와이파이를 나눠 썼어야 했다.

11 Maria Salmon, "La trace dans le visage de l'autre", in *Sens-Dessous*, 2012. 1, pp. 102~11.
12 David Hume, *A Treatise of Human Nature*, Oxford: Clarendon Press, 1997 [1738], p. 708.

여기 위협을 멀리하고 예방하는 일에 근심이 많은 여자, 자기 세계에 틀어박혀 '내부'에 존재하는 여자가 있다. 그녀는 가진 것('내부'의 안전)을 지키는 데에 온 힘을 쏟는다. 그리고 언제든 당신의 자리를 빼앗을지도 모를 위험 요소인 한 남자가 하나의 몸으로 나타나 '외부'에 위치한다. 하지만 틴 카우는 절대 정착하지 않을 이민자라는 인물이다. 우리는 바로 여기서 이승우 작품이 가진 특징 중 하나인 결코 정착하지 못하는 자를 만날 수 있다.[13] 그는 항상 움직이고 이동해야 한다. 틴 카우는 오로지 와이파이만을 원하고 그 연결 수단에 접속하게 해달라고 요구한다. 그는 현재의 '내부'에 소속되고자 하지 않고 저 멀리 고향에 있는 자기 개인의 '내부'와 연락을 유지할 수단만 찾을 뿐이다. 이 '내부-외부'는 이민자와 소유자 사이, 의지와 번민 사이 그리고 남자와 여자 사이의 확고부동한 거리를 강조하고, 짝을 이루며 합쳐졌어야 할 이분적 관계는 모두 역경에 처해 있다. 이민자가 준수하는 거리는 경멸에서부터 기인한 것이 아니라 현지인의 국적에 관여할 수 없는 자가 가시는, 바로 이민자가 품고 있는 특유의 조심성 때문이다. 남의 눈에 띄고 싶지 않은 자는 (와이파이를 얻기 위해) '벽을 허물어버리는' 자다. 그의 신중함은 곧 평온함의 근거다.

결국 틴 카우는 어느 오후 내리치는 빗속에서 추위에 얼어붙은 채 와이파이 수신 승인을 기다리며 주택 앞에서 진을 친다. 마음이 흔들린 유숙객은 자기 집 문이 "저절로 열"(p. 180)릴 것

---

13 졸고, 『다나이데스의 물통: 이승우의 작품 세계』, 문학과지성사, 2020 참조.

을 감지하면서 틴 카우에게 집 안으로 들어오라고 사정한다. 문은 주인 없이 독립적이나, 신 없이는 자율적일 수 없다. 위험을 성적 대상화하기 위해 (이민자의 몸을 성서의 묵시에 연관하며) 유숙객은 민감한 태도를 취한다. 이제 유숙객이 이방인에게 그녀의 집으로 들어오라고 호소한다. 그녀는 오랜 거절 끝에 새로운 관용이라고 간주할 만하면서도 과거 자신이 학대받았을 때 느꼈던 감정을 이입한 태도로 자신의 문을 열기로 마음먹는다. 위험에 에로티시즘을 부여하는 자들은 종종 피학적인 특성을 가진다.[14] 그러나 틴 카우는 그가 입었던 피해, 그가 당했던 거절의 고통을 유숙객에게 가한다. 이는 프란츠 파농Franz Fanon이 "백인은 자신의 흰 색에 갇혀 있다. 흑인은 자신의 검은 색에"[15]라고 한탄했던 말을 다시 곱씹게 한다. 두 인물은 괴로움 속에서 교대로 서로를 괴롭게 한다.

앙드레 클레르는 키에르케고르에 관해 다음과 같이 말한다. "즐거움의 좌절과 행복의 단조로움을 뛰어넘은 종교적 단계만이 인간으로 하여금 충격적 계시(啓示)의 기쁨을 맛볼 수 있도록 허락한다."[16] 그렇게 소설 속 두 주인공은 기쁨을 서로서로 거부하기만 한다.

14 Theodor Reik, *Le Masochisme*, Paris: Payot, 1953(Original Language Edition: 1940).

15 프란츠 파농, 『검은 피부, 하얀 가면*Peau noire, masques blancs*』, 노서경 옮김, 문학동네, 2022〔2014〕, p. 10(Original Language Edition: 1952).

16 André Clair, *Les philosophes de l'antiquité au XXᵉ siècle*, Paris: La Pochothèque, 2006, p. 811.

전복되는 관계, 「아내의 상자」
─은희경의 단편소설에 대하여[1]

1998년에 이상문학상을 수상한 이 단편소설은 남녀 관계의 전례 없는 관점을 정면에 내세운 작품이다. 단편집 안에서는 사회적 관계, 특히 부부간의 관계를 전복시킨다. 이것은 소설 안에서 다뤄지는 질문들이 한국 사회를 넘어 인간의 보편적 범위에 있다는 점에서 우리의 이목을 끈다.

「아내의 상자」에서 남자는 아내를 정신병원에 입소시킨 후 살고 있던 아파트를 떠나기 위해 짐을 정리하던 중, 아내의 상자들을 발견한다. 이 상자들의 잡다한 내용물로부터 그는 그들의 관계를 해체하고 실패의 시작점을 찾지만 그들의 사랑이 문제가 아니어서 이 실패는 더 고통스럽다. 이 소설에서의 상자들은, 그 속에 몸을 피한 인물들이 슬그머니 도망칠 틈이 있었거나 혹은 세상의 괴로움으로부터 벗어나려고 시도하다 잡혔는지조차 모

---

1 은희경, 『상속』, 문학과지성사, 2002. 이후 인용 시 해당 쪽수만 밝힌다.

른 채 열고 닫는 것이다. 카를로 로세티Carlo Rossetti가 1902년 한국 여행 중 발견하고 감탄했던, 복(福), 부(富), 다산(多産)이 새겨진 전통 함이기도 하다.[2] 하지만 이 소설에서 이러한 행복, 풍요, 자손은 존재하지 않는다. 상자는 언제나 비밀을 간직하고 있다. 아내는 상자 속에 "손가락을 찔려가며 십자수를 놓은 탁자보", 누렇게 바랜 "편지 뭉치", 그녀가 가질 수 없었던 아이의 "배냇저고리", 그렇게 "그녀를 스쳐 지나간 상처들"(p. 277)을 넣어 둔다. 상자는 누구에게도 말할 수 없는 비밀들을 담고 있다. 그 상자들을 열면 무질서에 노출된다. 모성과 무의식의 상징인 상자는 보이면 안되는 것, 어둠 속에 남겨져 있어야 하는 것 그리고 강제로 상자를 열면 위협할지도 모르는 것을 지킨다. 열지 말아야 하는 판도라의 상자 같다. 그리스신화에서 제우스는 대장장이의 신 헤파이토스에게 여신처럼 아름다운 여자를 만들라 명령했다. 그렇게 빚어진 창조물에게 신들은 인간의 형상을 선물했다. 그녀는 모든 자질을 가지게 되었고 판도라(pan은 모든 것, dora는 주다라는 뜻)라는 이름이 붙여졌다. 제우스는 그녀에게 상자를 선물하고 그것을 절대 열지 말라고 경고했다. 그러나 신들이 판도라에게 주었던 자질 중에 단점이 있었으니, 그중 하나가 호기심이었다. 결국 판도라는 더 이상 참을 수 없어 제우스를 거역하고 상자를 열었다. 상자가 열린 순간 전쟁, 병, 노화, 질투와 같은 모든 재앙이 빠져나왔고, 상자 밑에 희망만이 남아 있었다.

2 카를로 로세티, 『꼬레아 에 꼬레아니』, 이돈수·이순우 옮김, 하늘재, 2009, pp. 347~48(Original Language Edition: 1904).

그 뒤로 세상은 이러한 큰 불행들과 싸우게 된다. 프랑스 심리학자 폴 디엘Paul Diel은 판도라의 상자가 강렬한 상상력을 상징하고, 모든 욕망인 동시에 우리의 불행의 원인인 '욕망을 실현할 수 있다는 환상'을 감추고 있는 것으로 보았다.[3] 또한 상자는 무덤과도 같다. 강박적으로 이 작품을 관통하고 있는 무덤이다.

소설은 남편을 아내와 대립시킨다(이와 같이 언급하는 게 옳을 것이다). 그들 사이에는 그 어떤 언쟁도, 갈등도, 위협도 존재하지 않는다. 함께 있으려는 필사적인 노력도 소용없이 이러한 반복된 실패로 회복할 수 없는 손상을 줄 뿐이다. 한 사람은 다른 사람이 조금씩 붕괴되는 것을 바라보는 방관자이다. 그들의 사랑은 공통된 꿈에 대한 믿음을 견디지 못한다. 그 꿈은 공통이 되는 순간 의심이 되기도 한다.

남편의 과도한 규범 때문에 아내는 그녀만이 열쇠를 가지고 있는 세계로 서서히 도망친다. 남편은 부부 간에 가져야 할 '정상'적 관계를 들먹인다(잠자리, 귀가할 때 차려져 있는 식사 등). 정상을 운운하는 것은 권리를 들먹이는 것이다. 이렇게 부부 사이에 관계를 만들면서, 남편은 (재산 소유인이 법적으로 재산을 누릴 수 있는 권리가 있다는 의미의) 소유권을 들먹이는 것과 별반 다르지 않다. 철학자 로베르 미스라이Robert Misrahi는 『사랑의 기쁨』에서 주체는 상상만으로 자신에게 고통을 주고 (타인에 대한) 허위의 소유권을 과신하는 것을 '자학'적, 즉 '파괴적'

---

3 Jean Chevalier · Alain Gheerbrant, *Dictionnaire des symboles*, Paris: Robert Laffont, 1982[1969].

상상력에 대한 정신착란이라고 말했다.[4] 아내는 무언의 대답처럼 정신착란과 과수면증에 빠진다. "나머지 모든 시간에 잠을 잤다"(p. 286). 마치 자제력을 잃은 사람처럼. 물론 아내가 잠깐 외도를 하긴 했지만, 그 저항하려는 투쟁은 멀리 가지 못하리라. 은희경의 인물들은 그들을 위해 만들어지지 않은 세상에서 투쟁하지도, 대립하지도 않는다. 그들은 자신들이 살고 있는 가혹한 현실을 이해하지 못한 채 받아들이기만 할 뿐이다. 힘을 가지고 있다는 환상 때문에 사랑은 실패한다.

독자는 소설의 화자는 남편인데 아내가 쓴 글을 읽는 것 같은 이상한 느낌을 갖게 된다. 이는 주인공 여성이 이 이야기를 주도하고 있기 때문이다. 과장하지도, 강제하지도 않고 그녀는 표류하는 부부를 입체감 있게 수렁에 빠뜨린다. 남편이 생명줄에 매달리려고 하면 할수록 아내는 그 어느 것도 붙잡을 수 없을 때까지, '아노미'[5]까지 표류한다. 남편이 예측할 수도 못할 수도 있는 아내의 반응에 따라 자신을 정의하고 행동하도록 그녀는 강요한다. 부부의 균형점이 되고 싶다는 미명 아래, 남편은 사실 어쩔 수 없이 아내의 무분별한 말에 순응할 수밖에 없으며, 아내의 언어 창조성은 남편의 창조성이 사라진 만큼 더욱더 표출된다. 아내는 무술이나 서예에서나 볼 수 있을 것 같은 공허함의 힘을 아

Robert Misrahi, *La Joie d'amour: Pour une érotique du bonheur*, Paris: Autrement, 2014. p. 47.

5 사회적 혼란으로 인해 규범이 사라지고 가치관이 붕괴하면서 나타나는 불안정 상태를 지적한 에밀 뒤르켐Émile Durkheim(*De la division du travail social*, 1893)의 사회적 개념. Jean Etienne et al., *Dictionnaire de sociologie*, Paris: Hatier, 1997, p. 31 참조.

무런 저항 없이 자신의 것처럼 쓰고 있는 것 같다. 외로움은 이 절망적인 전략의 끝이 아니라 시작이다.

이 소설은 페미니즘적 이데올로기를 차용하지 않으며, 남성 중심주의로 억압받는 여성을 옹호하지도 않는다. 이때 적은 남자가 아니다. 남편은 여전히 가부장제도의 전형이긴 하지만 숨통을 조이는 권력을 행사하지 않는다. 소설의 관점은 지배자와 피지배자의 대립에 머물러 있지 않다. 두 주인공은 그들이 이해할 수 없는 상황에 갇혀 자신들이 표류하는 삶에 대해 무수히 많은 상징을 만든다.

파괴와 재생의 양면성을 지닌 상징인 물은 존재의 모든 가능성을 표시한다. 미르치아 엘리아데Mircea Eliade는 "물은 모든 형태에 선행하며 모든 창조를 받쳐준다"[6]고 말했다. 아내는 대학입시 시험을 보던 중에도 한 방울씩 떨어지는 물소리에 시달렸고, 물은 그녀를 떠나지 않는 공포증이 되어 히스테리 발작을 일으킨다. "귀에서는 끊임없이 흐르는 물소리가 들려왔다"(p. 284). 거세당하기로 결심할 때, 그렇게 모든 삶의 흐름을 금지하면서, 붙잡을 수 없는 것과 붙잡지 않아야 하는 것이 뒤섞인다. 아내의 방은 파괴의 바다 한가운데에 있는 말라비틀어진 위안처럼 하나의 섬이 되었다. 그녀는 간장 접시에 남은 간장이 다 증발해버려 소금 알갱이만 남고 시멘트 벽은 수분을 다 빨아들여 모든 걸 다 마르게 한다고 말한다. 아내는 수족관을 사보는 게 어떠느냐

6 　미르치아 엘리아데, 『이미지와 상징Images et symboles』, 이재실 옮김, 까치, 1998, p. 165(Original Language Edition: 1952).

는 남편의 말에 동의했다가 곧 수족관 속에 있는 물까지 다 증발될 것이라는 걱정 때문에 거절한다. 이에 남편은 가습기를 사는 것으로 해결책을 찾는다. 물의 증발과 함께 생명이 증발한다. 새거나 사방에서 흐르는 물에 딸려 오는 것은 죽음, 분명히 부부의 최후, 아마도 등장인물들의 최후일 것이다. 말라비틀어진 위안이자 실낱같은 희망은, 머리를 감다가 욕실에서 나와 젖은 상태에서 아내가 전화를 받을 때 뚝뚝 떨어지는 물방울이 화분 위로 떨어지는 장면이다. 삶은 언제든지 다시 시작될 수 있다는 것이다.

수축, 건조, 죽음. 소설의 비관주의는 두 주인공 사이에서 보여주는 소통의 단절에 초점을 맞추고 있지 않다. 은희경은 주로 소통의 어려움, 특히 부부 사이의 소통 문제를 다루는 작가로 알려져 있다. 하지만 사실 은희경의 작품은 기존의 문학보다 더 앞서 있다. 작가는 서로를 이해하지 못하고 소통 불가능성에 갇힌 부부와 그 둘을 갈라놓는 균열을 들여다보면서 태어날 때부터 인간을 엄습하는 존재론적 고독을 다룬다. 우리는 하나로 세계에 왔고 이 하나로 존재할 수밖에 없다. 그러나 문제는 바로 거기에 있다. 인간은 이 하나로 살아야 하지만 단지 이 하나를 *위해* 사는 것으로 결론지을 수 없다. 쇼펜하우어Arthur Schopenhauer는 『인생론』에서 "인간은 오직 혼자 있을 때에만 자유"[7]롭다고 말한다. 아내는 소외, 포기, 의지에 의한 고독에 고

---

7 아르투어 쇼펜하우어, 『쇼펜하우어 인생론』, 김재혁 옮김, 육문사, 2012, p. 346
   (Original Language Edition: 1851).

82

통받지 않는다. 단지 존재의 고독에 고통받고 있다. 공유될 수 없는 하나의 존재. '나는 어떤 남자 혹은 어떤 여자의 존재를 공유한다'는 말보다 더 거짓된 말은 없을 것이다. 우리는 기껏해야 '어떤 남자 혹은 어떤 여자의 존재와 동행'할 뿐이다. 남편이 원한 것이 무엇이든 그의 사랑의 힘으로 아내에게 할 수 있는 것은 아무것도 없다. 홍상수의 영화가 떠오른다.

건조는 죽음에 가까워지는 일이다. 이 건조는 마치 "[애벌레][8] 처럼 웅크리고 자고 있는"(p. 305) 그녀의 모습에서 시작한다. 이 얼마나 흥미로운 이미지인가! 윤회를 상징하는 애벌레는 몸을 움츠리며 앞으로 나아가고 천천히 수축하고 이완한다. 애벌레는 지나다니면서 양분을 남겨 토양을 기름지게 하고 식물이 잘 자라게 한다. 애벌레는 고치를 짓고 그 속에서 애벌레의 삶을 떠나 나비로 세상에 다시 돌아오고 일직선으로 날아가려고 하는 비상의 논리에 도전할 것이다. 죽음이라는 대가를 치른 삶. 여자는 "무덤처럼 편안"한 안락의자에서 잠을 잔다. 그녀는 가지런히 정렬된 아파트 단지의 창문들, 주차 라인, 놀이터와 같이 도식화되여 아파트의 분위기를 묘사한다. 그리고 그녀는 한탄한다. "길이 없어요. 덩치가 큰 건물에 다 가로막혀 있어요. [……] 베란다에서 아파트 단지들을 내려다보고 있으면 잠이 와요"(p. 287). 그녀는 보잘것없는 상자들 옆에서 잠들거나 "사과도 하룻밤만 지나면 쪼글쪼글해져요. [……] 이러다가 나도 말라비틀어질 거예요. 자고 나면 내 몸에서 수분이 빠져나가 몸이 삐거덕거리는 것

---

8 원문은 '공벌레'이다—옮긴이.

같다구요"(p. 289)라고 소리친다. 남편은 이러한 상황이 낯설지 않다. "나는 [아내의 방]으로 빛과 공기가 들어가지 못하도록 문틈을 다 종이로 발라버리고 싶었다. 그 위에 파라핀을 덧칠해서 봉인해버리고 싶었다"(p. 310). 무덤의 윤곽이 드러난다. 아내를 유폐하기 위해 정신병원으로 갈 때, 그들이 탄 차는 무덤 사이를 지나갈 것이다.

은희경의 작품은 유교의 지배를 받는 전통 사회에 근대화의 결과로 나타나는 새로운 규범들이 더해져 한국 사회가 급변하는 원인을 파헤친다. 전통의 존중과 기구한 운명의 추구 사이에 분열된 등장인물들은 서로 맞서고 대립한다. 각자 스스로의 모습을 결정하고, 자신의 것을 더 소중히 여긴다 하더라도 마지막 출구를 찾는다. 부부의 삶이라는 올가미에 걸리고 권위주의와 몰이해가 낳은 자기 검열이 지배하는 사회적 관계들 사이에서 꼼짝 못하는, 언어의 자유로운 기능마저도 잃어버린 두 주인공은 만족스러운, 누구의 도움을 받지 않아도 되는 출구를 위해 때로는 광적으로 몸부림친다. 한국 사회의 중심이 되는 가족은 행복의 원천이 아니다.

아버지, 형제, 남편에 의해 휘둘리는 여성들은 집안일에 매어 있거나, 전문직에 대한 환상에 사로잡혀 있고, 남성들은 자신의 일에 파묻혀 있거나 사회적 지위를 쫓는다. 이들 각자는 삐그덕거리는 상황에 자신을 맞추기 위해 애쓰지만 그 끝에는 어둠과 고독이 그들을 기다리고 있다. 어떤 행동, 어떤 반응도 피할 수 없는 출구로 몰고 갈 뿐이다. 침묵과 후회 속에서 부부 관계의 끈이 끊어지고 풀어지기를 기다리는 편이 낫다. 아니면 망각

속에서. 남성이 지배할 수 있는 최소한의 것들만 던져주는 방법으로 여성들은 온전히 자기 자신이 될 수 없는 것에 대한 압박을 견뎌낸다. 희생자도 가해자도 아닌 여성들은 둘의 행복을 위한 약속, 제약적인 전통, 가족이라는 장애물, 그리고 예의범절에서 자유로울 수 없는 말 사이를 눈어림으로 항해한다. 여성들은 요구하려는, 변화하려는 열망은 없고 오히려 생존을 선택한다. 투쟁하고, 말하고, 대화하고, 이야기하는 것은 어려운 것들과 불가능 것들 사이에서 분열되지 않고 공유되지도 않은 온전한 주체를 전제로 한다. 말한다는 것은 지배적인 문화에서는 금기와도 같은, 스스로를 드러내는 행위이거나 무기력해진 사회적 관계로 돌아가는 행위이다. 싸운다는 것은 싸움의 의미에 대해 해명해야 하는 것이다. 설명하고, 해명하고, 증명하고, 변명하는 것. 이를 위해서는 희망을 가져야 할 것이다. 그러나 서두를 필요는 없다. 미래가 암울하다면 가장 쉬운 전략을 선택하는 편이 낫다. 왜냐하면 우리는 어차피 고독할 것이다. 우리가 둘이든, 열이든.

시선 그리고 「막」
—한유주의 단편소설에 대하여[1]

미로와 같이 씌어진 글은 여러 통로 중 하나로 의식을 파헤치며 글을 읽는 방식의 통로를 제시하는 것이다. 그러나 이 통로를 통해 의식의 새로운 공간을 파헤치다 보면 내가 이곳을 빠져나갈 수 없을 뿐만 아니라 결국 길을 잃어야만 한다는 확신과 마주하게 된다. 쿤데라Milan Kundera식 제목의 소설 「막」에서는 시선을 이야기한다. 이것은 보이는 것, 보이지 않는 것, 보일 수 있는 것, 보일 수 없는 것, 보는 이가 없기에 눈에 띄지 않는 것에 대한 시선이다. 그리고 실패가 있다. 그 사람처럼. 어떤 한 장면에 이끌려 고개를 돌리지만 그가 본 것은 뜨개질하는 여자의 뺨이다. 한유주는 불확실하거나 모순적인 서술적 명제들을 제시하면서 허구의 해체라는 자신만의 문제를 이어나간다. 평범한 기차여행을 그리고 있는 이 소설에서 승객들에게 내릴 때 소지품을

1　한유주, 『얼음의 책』, 문학과지성사, 2009. 이후 인용 시 해당 쪽수만 밝힌다.

잊지 말라는 안내 방송이 나오지만 "승객들은 잊으시고 가신다. [……] 그러므로 잊을 수 있는 물건이란 없다"(p. 317). 방송이 실패했다고 해서 서술의 실패를 의미하지는 않는다. 오히려 역설적이게도 서술은 계속된다. "보는 사람과 보이는 사람이 있다. 보이는 사람은 아무것도 의식하지 않기 때문에, 아니 그런 것처럼 보이기 때문에, 권력을 장악하는 쪽은 보는 사람이다"(pp. 321~22). 독자는 경계하고 선택할 수밖에 없다. 자신에게 이렇게도 확신이 없는 화자를 믿어도 될까? 화자는 망설이거나 실수할 수 있고, 작가는 독자를 위한 공간을 마련하고 독자의 역할을 소설에 다시 포함시킨다. 독자는 서술이라는 기교 앞에서 통찰력을 발휘하게 된다. 여러 함정에 빠져 당황하지 않으려면 소설 속으로 몸을 던져야 한다. 그리고 그 효과는 놀랍다. 화자의 명령을 따르던 읽기는 사라지고 창조적 읽기가 가능해진다. 만약화자가 지속적으로 여러 가설을 내세우면 독자도 화자를 모방하게 된다. "만일 소설이 아직 찾아지지 않은 것을 계속 찾아 나가고자 한다면, 소설이 소설로서 '진보'하고자 한다면, 그것은 세계의 진보를 역행하지 않고서는 불가능하다는 사실은 알 수 있을 것 같다."[2] 독자는 이제 스스로 작가와 같이 재창조된 시점을 가진다. 타자의 공간을 가져와 확신을 깬다는 이 독특한 의도를 명확하게 보여주는 것이 한유주의 장점이다.

다음 장면에 나오는 타자는 특히 우리의 시선을 끈다. 타자성

2　밀란 쿤데라, 『소설의 기술L'Art du roman』, 권오룡 옮김, 민음사, 2013, p. 35 (Original Language Edition: 1986).

의 근본적인 요소인 얼굴과 관련 있고 아버지가 아이의 뺨을 때리는 형태로 나타나기 때문이다.[3]

이 장면은 음향효과에서 비롯된다. 평범하고 희미해진 소리가 글을 읽다 보면 점점 더 커진다. 들리지 않는 이 소리는 소설 속에 존재하지 않기에 화자는 언급하지 않는다. 그리고 바로 여기에서 독자는 읽기를 멈추고 *퍽!* 하는 이 소리에 집중하면서, 지나간 광경들의 연속선상에 있는 흔한 소리가 아니라는 것을 확신할 수 있다. 독자는 어떠한 이유로 뺨을 때린 후에 계속 이어지는 소리에서 읽기를 멈출 수밖에 없는가? 더 정확히 말해 읽기를 잠시 보류할 수밖에 없는가? 우리는 글을 계속 읽어나가지만 우리의 내면의 상태는 더 이상 이전과 같지 않다. 아주 나지막한 소근거림까지 들리는 객차 내 모든 승객이 이 소리를 들었다는 것을 독자는 알고 있다. 아이는 아빠에게 뺨을 맞고 차창에 머리가 부딪혀 *퍽!* 소리를 낸다. 더 정확히 말하면 *퍽!* 소리는 존재하지 않고, 한 번도 존재한 적이 없다. 우리는 이 소리를 상상한 것에 대해 죄책감을 느끼게 된다. 창에 머리가 부딪혀 난 이 소리가 의성어로 만들어지기 전에, "아이의 조그만 머리통이 차창에 부딪히는 소리가, 유리 위에 서리처럼 얼어붙는다"(p. 318). 독자는 스스로 *퍽!*을 만들어낼 수 있다. 본능적으로 이 의성어를 머릿속에 떠올린다. 머리가 창에 부딪혀 난 소리가 *퍽!*인가? 이 소리는 차창에서 떨어져 나와 아이의 얼굴까지 거슬러 올라

---

3 '외부의 윤리─이승우의 단편소설에 대하여'에서는 이타성과 얼굴에 대해 다른 관점으로 전개했다.

간다. 결국 이 소리가 뺨을 맞은 굴욕감보다 앞선다는 것을 알게 된다. 객차의 음울한 공간에서 무겁게 울려 퍼지는 따귀 소리는 레비나스가 말한 얼굴과 타자성의 기호와 같다. 타자와의 관계를 중재하는 얼굴. 고함도 울음도 없다. 따귀를 맞은 아이는 창밖으로 평평해지는 풍경, 사라지는 초목, 산 너머로 이어지는 사막을 바라보는 걸까. 아이의 쓰라린 볼은 객차의 희미한 불빛에 반짝인다. 아버지는 "미안하다"(p. 319)고 사과한다. 독자는 여기서 새로운 질문을 던진다. 아버지는 무엇을 미안해하는가? 뺨을 때린 것에 대해? 하지만 그것은 단지 여행 중에 일어난 작은 일화일 뿐이다. 그렇다면 아버지로서의 실패라고도 말할 수 있는 참지 못한 폭력에 대해? 아니면 우리가 지금은 예상하지 못할 다가올 장면에 대해? 안-마리 다르디냐의 멋진 표현을 빌리자면 얼굴은 "공격의 대상이 되는 장소"[4]가 되었다. 이 단순한 손찌검은 취약한 부분을 건드렸다. "그들은 오늘을 잊을 것이다. 그저 한 아이와 한 아버지로 남을 것이다"(p. 319). 한유주는 몇 줄만에 마음을 바꾼다. 왜냐하면 따귀는 객차 내 모든 승객들을 하나로 모았기 때문이다. "아이의 아버지가 아이의 뺨을 때리는 소리를 그도 들었다"(p. 320). 공통된 인식으로 공유된 이 뺨은 아이와 아버지를, 또 이 부자와 다른 승객들을 연결시킨다. 아이의 수치심은 이 연대적 장면에서 시작된다. 다른 사람들의 시선 때문이다. "아이는 이제 막, 창피함과 부끄러움을, 슬픔과 설움을

---

4 Anne-Marie Dardigna, *Les Châteaux d'Éros ou les Infortunes du sexe des femmes*, Paris: La Découverte, 1980, p. 13.

구분하게 된 것처럼 보인다"(p. 319). 이 순간, 따귀가 승객들 간의 신비로운 유대를 형성한 반면, 아버지는 아이와의 유대를 잃어버렸다. "아이의 아버지는 오늘을 잊겠지만, 아이는 그렇지 않을 것이다"(p. 320). 아버지는 잊을 것이고, 아이 또한 이 체벌의 상황을 잊어버릴 것이다. 그러나 온전함이 사라진 관계도 계속될 것이다. 아버지는 아이의 얼굴에 상처를 냈고, 그의 아이라고 구분할 수 있는 얼굴에 상처를 낸 것이다. 돌이킬 수 없는 것이 얼굴에 남겨졌다. 얼굴은 무방비 상태이다. 얼굴은 영혼을 가지고 있고 그 영혼에는 희망이 있다. 얼굴은 단순히 그것의 물리적 특징들이 모여 생겨난 것이 아니다. 또한 오로지 해부학적 부위로서 존재하는 것도 아니다. 얼굴은 타자와의 관계를 만들어내는 곳이다. 레비나스는 "*타자로서의 타자가 타인이다. 그를 '존재하게 두기' 위해서는 대화의 관계가 필요하다. 순수한 '탈은폐'는 타자로서의 타인을 하나의 주제로 내세우는데, 그러한 탈은폐는 그를 존재하게 둘 만큼 충분히 그를 존중하지 않는다*"[5]고 했다. 한유주는 이어 "객차 내의 모든 승객들은 그 순간, 하나의 영혼이 잠시 숨쉬기를 중지하는 소리를 분명히 듣는다"(p. 318)고 묘사한다. 아이는 울음을 멈추고 침묵의 순간은 산산조각난다. "아버지는 이제, 아이를 때린 사람이다"(p. 319). 호흡이 멈춰버린 영혼보다 더 고통스러운 것은 없다.

얼굴은 타인에게 보내는 흔적을 지닌다. 물에 비친 자신의 모

---

5 에마뉘엘 레비나스, 『전체성과 무한*Totalité et infini*』, 김도형 · 문성원 · 손영창 옮김, 그린비, 2018, p. 92(Original Language Edition: 1961).

습을 보고 사랑에 빠져버린 나르시스의 얼굴은 아버지라는 이름을 지닌다. 아이의 얼굴을 건드린 아버지는 그 스스로를 온전히 건드렸다. 아들은 자신의 상처를 잊지 않을 것이고, 둘 사이를 갈라놓는 틈이 벌어지는 그 순간의 흔적으로 기억할 것이다. 이때 그들의 운명은 부서지고, 균열이 생겨났다. 차창 유리 위에 흔적이 분열의 서리처럼 얼어붙었다. 두 얼굴은 이제 다른 역사에 속한다. 아이는 막 외로움을 알게 되었다. 아버지는 자기 스스로에게 가했던 상처를, 아이가 가졌던 아버지에 대한 깨지지 않을 것 같은 신뢰의 상실감을 잊을 것이다. 아버지의 손에 그의 행동의 흔적은 남아 있지 않다.

『미쳐버리고 싶은, 미쳐지지 않는』에 맞서다
―이인성의 장편소설에 대하여[1]

1857년 6월 6일, 르로예 드 샹트피Leroyer de Chantepie 부인에게 보내는 편지에서 귀스타브 플로베르는 "아이들이 책 읽듯이 그저 유희 삼아 독서하지 마세요. 야심 찬 이들처럼 뭔가를 깨우치기 위해서 읽지도 마십시오. 살기 위해 책을 읽으세요"[2]라고 썼다. 독서는 항상 휴식을 취할 때 이뤄지지 않으며 가령 걷기와 같은 동작을 요할 때도 간혹 있다. 독서의 리듬은 몸의 리듬에 맞춰지기도 하고 정반대로 몸이 독서의 리듬에 어울리기도 한다. 긴장된 제자리걸음을 할 때면 이따금 우리는 다시금 반 바퀴 회전해 읽었던 문장으로 돌아가곤 한다. 이런 경우 우리는 누가 템포를 가하는지, 그것이 독서인지 몸인지 모르게 된다. 소설

---

1 이인성, 『미쳐버리고 싶은, 미쳐지지 않는』, 문학과지성사, 1995. 이후 인용 시 해당 쪽수만 밝힌다.
2 Gustave Flaubert, *Correspondance*, 4ᵉ série(1834~1861), Paris: Louis Conard, 1927, p. 197.

『미쳐버리고 싶은, 미쳐지지 않는』을 읽을 때 이를 체감했다.

이 소설 속에 진입하기 위해서는 헐떡거리며 고통스러워하면서 간신히 나아가고, 집요하게 임하다가도 거절하고는 또다시 읽게 되는 그런 남다른 독서를 경험하게 된다. 그렇게 우리는 혼란에 빠지고, 죄책감을 새기고, 다시 염치없는 마음을 비스듬히 스치는 어떤 무례함에 사로잡히고서 도로 책을 읽는다. 그렇게 새로이 견뎌내며 다시 읽으면 처음보다는 덜 고생스럽다. 그리고 다른 문장들보다 딱히 더 큰 어려움이 없거나 더 가볍지도 않은 어떤 문장을 읽고 넘어가는 길목에서 갑자기 텍스트의 역학을 마주하게 된다. 당신이 책이라는 사물을 읽는 사이, 책의 내면이 금갈색 페이지로 치장한 화려함 속에 고요히 잠들어 있는 것이다. 어디서에도 찾아볼 수 없는 가장 깊숙한 곳에서부터 잠깐 밀려온 파랑이 학구적으로 독서하던 옛 시절로 이끌고, 그렇게 우리는 육체를 향연(饗宴)으로 초대한다. 지옥의 문 앞에 서 있다고 생각했던 것과 달리 오히려 우리 내면에 자유의 감정, 조용하면서도 강한 모종의 감정이 깃들어 온다. 책은 우리를 뒤흔들고 자리에서 일어나게 하며 물이 분할된 지점에서 길 잃은 섬 같은, 그런 막연한 곳으로 데려간다. 우리를 심연의 끝에 내버려두는 독서, 잠깐 자기통제뿐만 아니라 자아까지 잃게 하는 독서와 마주한다. 언어의 아찔함이야말로 문학이 존재하는 유일한 근거이지 않은가.

"오직 우호적으로 침묵하는 독자가 되자는 생각이 머리에서 떠나지 않는다."[3] 페터 한트케Peter Handke의 이 말이 내 것이었으면 좋겠다. 한 사람을 충분히 키워낸 독서 후에는 침묵 또는 숲속 산책을 동반해야 한다. 연쇄적인 감정의 동요를 억누르기 위해서는 이것 말고는 다른 방법이 없다. 어떤 독서가 동정 어린 침묵으로 이끌 때, 다른 독서는 우리 마음속에 흔적을 남기며 간혹 몇 주에 걸쳐 나날이 밤을 지새우게 한다. 그렇게 절대로 친절한 미소를 머금은 독자가 될 수 없을 것을 깨닫는다. 그리고 페르난두 페소아Fernando Pessoa가 형언한 체언의 상태, '불안'한 상태로 살아가겠다며 체념한다.

『미쳐버리고 싶은, 미쳐지지 않는』을 다시 폈던 그날, 책 속에는 염세주의와 술, 담배 그리고 섹스를 배경으로 둔 한 사람의 인생이 서술되고 있었다. 중심인물의 내면성이 수면 위로 떠올랐고 글의 소재조차 되기 힘든 그의 인생 속 사건들은 뒷전으로 밀려났다.

『미쳐버리고 싶은, 미쳐지지 않는』은 억누를 수 없는 이해 욕구에 사로잡힌 한 존재의 어두운 곳을 오래도록 행군하게 한다. 독자는 이 페이지에서 저 페이지로 나부끼며 비틀거리다 넘어지고, 다시 일어났다가 또 쓰러진다. 그리고 마치 텍스트가 독자를 길들이는 것마냥 텍스트를 길들이는 과정에서 독자는 소설의 서술적 기법을 기적적으로 발견한다. 위대한 텍스트 앞에 헐벗고 서 있는 자신을 만나기 위해 독자는 소설에 항복해야 하고 소설을 구성하는 비단실 매듭을 끄르며 텍스트를 풀어가보려 애써야 한다.

---

3   페터 한트케, 『세잔의 산, 생트빅투아르의 가르침Die Lehre der Sainte-Victoire』, 배수아 옮김, 아트북스, 2020, p. 27(Original Language Edition: 1980).

한 인물(실제로 한 쌍의 연인)이 우리에게 그의 의식 가장 깊은 곳을 들여다보게 하는 동시에, 자신의 의식 상태에 대해 논하게 한다. 우리는 절대 맺어지지 않는 그 연인 앞에서 마냥 빈둥거리며 서 있을 수 없다. 그들이 함께 지냈던 광주에서의 밤, 서로가 서로를 모르면서도 그들은 동시에 각자 상대방의 충만한 의식 속에서 머문다. 그렇다. 이 두 연인은 우리 내면의 일부를 차지한다. 이때 타인의 의식 속에서 견고하고도 묽은 냄새를 찾아 병적으로 해석할 필요는 없다. 가장 무겁고 강력하며 전염성이 강한 텍스트에서 벗어날 수 있는 단 한 가지 방법은 바로 그 텍스트를 우리 자신의 의식으로 여기면서 작가가 건네는 즐거운 역설에 손 내미는 것이다. 그렇게 되면 작가가 원하던 기이함이 보편적인 현실이 된다.

발화된 텍스트이든, 작가가 우리에게 진술하고자 하는 것이든 간에 독자는 해석의 필요성 앞에서 자제력을 잃는다. 그리고 텍스트와 작가의 의도, 이 두 가지 허구적 환상이 한데 모여 최상의 환상적 독서와 맞서 싸운다. 그리고 환상은 마치 텍스트가 독자를 위해 쓰어졌다고 믿게끔 한다.

작가가 여러 가지 책략과 속임수—허수아비 같기도 하고 미끼 같기도 하다—를 숨겨놓았다는 것을 우리는 쉽게 깨닫지 못한다. 그래서 우리는 무사히 빠져나오기 힘든 내면의 현실 세계 속으로 잠기게 된다. 이인성은 전통적인 서술 방식을 깨뜨리며 한국문학 속에 정립된 지표들을 전복시킨다. 그는 이 강력한 행동에 책임을 지듯 독자들에게 여느 책들과 다른, 전례 없는 작품을 선사한다. 『미쳐버리고 싶은, 미쳐지지 않는』은 타협 없는 글쓰기가 선보이는 난해함을 피하지 못하며, 이는 결국 독자가 직면해야 할 난점이다. 문학은 오락이 아니라고 이인성은 강조한다. "문학은 뱃심"[4]이라고 말했던 쥘리앵 그라크와 함께 그 말에 응하고 싶다. 여기서 배는 등장인물이 시집에서 찢어낸 종잇장을 말아 끓인 라면을 억지로 삼키게 하듯 절대 봐주지 않는 배라고 말하고 싶다(소설 속에서 작가인 주인공은 사랑의 시련에 짓눌린 채 자신의 추억거리, 일화를 통해 광기의 끝에 선 모험담을 들려준다). 기교 넘치는 이 텍스트는 기분과 감정, 존경과 혼란, 단념과 경직이 뒤섞인 색다른 혼합을 일으키며 작가에 의해 살아 숨쉬는, 가장 큰 경계심 속에 억압된 독자에게 질문을 던진다.

하지만 이인성을 그저 기교 넘치는 문체를 가진 작가로 간추리는 것은 본질을 비껴가는 일이다. 의식의 탐색, 영혼(프시케)의 자원, 해석의 시도, 계획된 탈주 속 깊은 곳으로 파고드는 작가의 의도, 불확실하고 막연하며 정의 불가능한 것에 가장 적절한 단어를 붙여주려는 의도, 이 모두를 무심코 스쳐 지나가버리는 것이다. 물론 이인성의 작품은 복잡한 감정 영역을 불러일으키느라 때때로 견디기 힘든 독서를 하게 만들기도 한다.

그러고 보니, 또, 전화기 뒤의 거울을 마주보고 있다. 저게 결핍의 경계선을 따라가다 지쳐 주저앉은 모습이랄지. 거울 아래쪽에 낮게 짓눌려, 세운 무릎과 어깨와 얼굴만이 되비쳐보이는 나. 그러나, 막상 거울의 반영 속에는, 애절함과 미움으로 뒤범벅이 된

---

4 Julien Gracq, *La Littérature à l'estomac*, José Corti, 1950.

표정도, 타고 마른 입술도 없다. 모든 것이 안으로만 끓고 있어서 일까? 아까까지도 안 그랬던 것 같은데, 아니면 이젠, 마음을 육체로 표현하는 자율 신경의 선마저 끊어진 것일까? (p. 106)

이인성은 주저 없이 독자를 뒤흔든다. 인위적인 요소들로 줄거리를 혼란스럽게 하지 않지만 복잡한 정신 현상의 그물망 속으로, 일의성을 방해하며 복합적 의식 상태로 우리를 끌고 간다. 독자는 여기서 서술의 전개를 따르는 참을성 있는, 경건할 만큼 고분고분한 자세로 잡은 곳을 꼭 부여잡고 위험을 감수하며, 자아 탐구의 의식이라는 넘기 어려운 산맥을 등반하기 위해 변함없이 온순한 자세를 취해야 한다. 아니면 정반대로 구원을 위해 저항하며 고되게 책과 맞대응하며 비록 텍스트가 필연적인 승리자가 될지언정 독자는 그 책을 꼭 붙드는 자세를 취해야 한다. 마지막 자세는 무모한 독자가 가진 절대 권력의 법칙을 전제한다. 즉 독자는 그다음 장이든 앞 장이든 어디에도 얽매이지 않고 작품에 필요한 의미론적 단위를 제멋대로 분해하고 재구성하며, 지금 읽고 있는 페이지에만 완전히 몰두하는 것이다. 이인성을 읽는다는 것은 주의 깊은 방황, 다시 말해 도피와는 거리가 먼, 선념을 다한 방황의 역설을 받아들이는 것이다. 단어를 한정시키면서 상황을 예리하게 자문하게 만들며, 그 상황에서 독특한 개성을 자아내게 한다. 세렌딥의 세 왕자가 그랬던 것처럼 여러 단서를 잘못 해석해 어둠 혹은 빛으로 구별 없이 인도할 수도 있는 단서들을 내몰며 간신히 앞으로 나아가야 한다.

이제, 그는 도로 안내 표지판에 갈 길을 묻고 있지 않을 것이다.
거꾸로, 도로 안내 표지판이 그에게 갈 길을 묻고 있을 것이다.
우연을 어디에 맡기겠느냐고, 극히 구체적인 선택의 가능성을
펴보이며. 그 가능성이 이미 만들어진 길들로 제한되어 있다는
생각이 그를 추상적으로 쓸쓸하게 만들 것이지만, 그보다는 그
가 가본 길들이 거의 없다는 사실이 더, 어디든 가고 싶다는 구
체적인 욕망을 끈끈하게 잡아당길 것이다. (pp. 86~87)

『미쳐버리고 싶은, 미쳐지지 않는』에 등장하는 인물들은 바로
이 세상의 기묘한 존재―부재 관계, 실존 불가능의 관계 속에 놓
여 있다. 그럼에도 그들은 실존하고자 하는 욕망을 가졌으며, 주
요하지도 않고 뚜렷하지 않으면서 움푹 파이고 전반적으로 희미
한 모습으로 그들을 둘러싸고 있는 대상들이 만든 현실에 부딪
친다.

선택할 수도 선택하지 않을 수도 없는, 미칠 수도 미치지 않을 수
도 없는 자는 결핍의 경계만을 한없이 따라가므로…… (p. 105)

물론 전반적으로 불분명한 톤을 유지한다고 해서 화자가 결단
력이 없다고 치부할 수는 없다. 오히려 이 미묘한 상태는 필요한
순간에 실존하기 어렵다는 신호로 쓰이는데 그만큼 실존의 상황
이 문제를 만든다는 것을 알 수 있다. 이는 화자가 기피하고자
하는 광기, 그 광기의 또 다른 정의이며 자기 자신의 광기가 아
닌, 타인의 광기가 자신의 내면에 남긴 흔적이라고 할 수 있다

(물론 타인 역시 미쳐버릴 수 있긴 하다). "미쳤다고 해서, 머리 끝부터 발끝까지, 0시부터 24시까지, 광기로만 움직이는 것은 아닐진대"(p. 40) "그녀뿐 아니라 누구에게라도 파묻혀 있을 광기의 씨앗들 중의 네 것을 다스리지 않고 그대로 방기"(p. 14)한다.

글쓰기의 고통, 옳고 그름을 차분히 밝히는 것이 불가능하다는 사실, 바뀌지 않을 미친 옛 애인이 남긴 외적 상태, 이 모든 것에 타격받은 복잡한 내면 상태, 그 경계에 독자들이 연루된다. 다시 옛 애인과 재회하기 위해 변하려는 그는 자신에게 일어날 수도 있는 광기를 과연 누구에게 떠맡길 수 있을까.

> 나는 내가 사랑했던 그 여자를 곧바로 만나보려 했고, 그는 미친 여자가 사는 남원으로 가길 원했고. 잃어버린 넋을 찾아야 한다나. (p. 188)

이인성을 내면성의 작가라고 부르는 것 역시 충분치 않은 표현이다. 그의 문체는 곡예사가 타고 있는 밧줄처럼 팽팽하고 항상 단절과 가까이하며 낯선 문장을 받아들이도록 강요한다. 여기서 통제된 방황 역시 목표에 접근할 것이라는 확신 없이 그저 세안 속에서 모험히게 할 뿐이다. 이인성의 문체는 역작용의 고리를 통해 가동되며 이미 말한 것을 되풀이하고자 하는 것 같고, 어떤 삽입 절이 나타날 때 비로소 반복되던 고리를 끊고자 하는 것 같다. 한 문장이 자기 길을 나아가면서 다음 문장으로 우리를 인도한다. 그다음 문장 역시 또 다른 의미 단위를 향한 새로운 출발을 앞두고 잠시 우리를 참고 기다리게 할 것이다. 이 길

끝에는 또다시 새로운 모험이 존재한다. 이는 결핍의 감정이 고갈할 때까지 하나의 생각과, 작가만큼 인물이 설정한 관점을 전개할 필요성이다. 이인성의 문체는 배의 옆질, 격한 파랑 그리고 고운 모래사장에 밀려와 사그라지는 파도처럼 작용한다. 그리고 연쇄적 변형과 불가피한 변신의 대가인 이 파도의 죽음은 좌절한 단어들로 이루어진 먼바다로 다시 떠나기 위해 모래알 사이사이에 녹아 사라질 것이다.

> 많은 삶에의 의지를 가진다 쳐도, 가진 것이라곤 오로지 더러운 추억뿐일 때, 그렇다면 그 더러운 추억의 힘만으로 다시 시작할 수 있는 건 과연 무엇일까요? 무엇을 다시 시작하지요? 추억을 갈아끼우는 짓을 말입니까? 완전히 미쳐버리지 않는 한 불가능한 그 투기를요? (p. 61)

이인성은 형상화하고 묘사해낸, 그 꾸며낸 내적 상태가 불충분한 지점에 머무르며 허구적 찰나를 지연시킨다. 이야기는 그렇게 벼룩의 뜀박질 같은 작은 도약을 거쳐 나아간다. 불확실한 미완성 상태, 끝없는 생각으로 인해 더더욱 무너지기 쉬운 상태임에도 불구하고 이인성은 그 상태를 끊임없이 가청적(可聽的) 차원으로 이끌어 표현한다. 그리고 마치 느림을 예찬하듯 이런 상태의 묘사를 지체한다.

> 지금, 거울 속에는, 눈 밑을 씰룩이며 입술을 질근거리는 사내가, 턱을 바싹 당겨 고개가 약간 수그러진 모습을 하고. 퀭한 눈

100

아래쪽에 드러난 흰자위 위로 들떠 있는 검은 눈동자의 게슴츠레한 시선을 삐딱하게 뻗쳐. 나를 내다보고 있다. 아무래도 제정신이 아닌 듯싶은 상태로, 나여, 무엇을 망설이고 있는가? 제정신이 아니어야만 원할 수 있는 그 통화를 주저한다는 게 우습지 않은가? 그래도 아직은 완전히 미치지 못해서?······ (p. 33)

『미쳐버리고 싶은, 미쳐지지 않는』은 한국소설 지침서에 해당한다. 책은 짧은 장들로 구성되어 있어서 읽다가 깊이 생각하고 잠시 떠났다가 또다시 읽을 수 있다(총 52개의 장으로 구성되어 있으며, 각 장은 시 인용으로 시작한다). 나침반 없는 여행을 받아들이고, 의식의 그물망을 뛰어넘으면서 여정의 시작점으로 되돌아올 수 없을 거라 의심하지 않아도 된다. 『미쳐버리고 싶은, 미쳐지지 않는』은 반드시 읽어야 할 책이다. 위험할 게 하나도 없다.

독서를 끝낸 뒤에는 가끔 착각을 경험할지도 모르지만 현실적인 텍스트의 총체성에서 '충만함'을 느낄 수 있다. 자신의 몸의 윤곽과 꼭 맞아 떨어지는 독서는 기억 속에 유유히 흘러 나아가는 다른 텍스트들과 켜켜이 겹쳐진다. 『미쳐버리고 싶은, 미쳐지지 않는』은 영혼을 갉아먹고 우리의 내면성을 먹어 치운 뒤 우리에게 다시 태어날 기회를 준다.

바로 그렇게 여기, 우리가 존재한다.

2부

막간극

나는 작품 속에 산다

하루는 소설 『낯선 시간 속으로』의 작가와 점심을 먹다가, 우리가 처음 만난 날 같이 갔던 맛집을 떠올렸다.[1] 한 사람이 겨우 지나갈 수 있을 정도로 좁은 대학로 뒷골목을 잊을 수 없었다. 그 골목길의 오른쪽 담벼락 조금 높은 곳에 점집 간판이 걸려 있었다. 다른 시대에서 온 듯한 점쟁이의 존재에 놀랐던 것 같다. 이럴 때면 희미해진 기억을 되살릴 수 있는 단서들을 최대한 많이 찾아내야 한다. 그래서 당시의 모습들, 좁은 골목, 층층이 쌓인 빈 병 수거함, 싹싹한 아주머니가 혼자 운영하는 일본식 건물 안 식당, 그곳으로 연결되는 두 단으로 된 계단 등을 머릿속에 그려보았다. 나의 작가 친구는 그날 학림다방에서 커피를 마신 것부터 그다음으로 갔던 식당, 그곳에서 먹었던 음식, 반주로

---

1 이인성, 『낯선 시간 속으로』, 문학과지성사, 1983. 이후 인용 시 해당 쪽수만 밝힌다.

마셨던 술들, 골목길까지 모두 완벽하게 기억해냈지만, 점집 간판에 대해서는 도통 기억이 없는지 낯설어했다. 그럼에도 어떻게든 기억해보려고 애썼지만 소용없었다. 요사이 보기 드문 점집이 있다는 사실이 그의 호기심을 불러일으켰을 법한데 그걸 전혀 기억해내지 못한다는 것이 나로서는 더더욱 놀라웠다. 우리는 서로의 기억을 맞춰보는 일은 일단 밀쳐두고 식사를 계속했다. 시간이 지나면서 변화한 대학로, 서울대학교 이전 등에 대해 이야기를 나누던 중에 어떻게 된 일인지 불쑥 머릿속에서 번쩍하며 문제의 그 점집 간판이 불현듯 떠올랐다. '드디어 생각났어! 진짜로 그런 간판이 있었던 거야!' 내가 그 간판에 대해 설명해주면 친구도 바로 기억해낼 거라는 생각에 친구에게 "몽학 선생 운명 감정소"라고 말해주었다. 그러자 친구는 뭔가 기억을 끄집어낼 때 흔히 그러듯이, 허공을 바라보면서 잠시 찾아낸 듯하더니 금세 다시 혼란에 빠졌다. 그 순간 갑자기 탄성이 터져 나오면서 깨닫게 되었다. 그 간판은 현실에 존재하는 것이 아니라 소설 『낯선 시간 속으로』에 나오는 간판이라는 것을. 우리가 지나갔던 뒷골목 벽에 걸려 있던 것이 아니라, 소설 속 건물에 붙어 있었던 간판이라는 사실을. "금방 무너질 것 같은 일본식 이층 건물에 '夢鶴先生 운명 감정소'라는 간판이 붙어 있었다"(p. 204). 이인성 작가가 30년도 더 전에 쓴 소설 속에서 끄집어낸 일화를 마치 실화인 양 수십 분 동안 나 혼자 떠벌리고 있었던 것이다. 소주 기운에, 우리가 처음 만난 날 같이 걸었던 골목길에 소설의 그 구절을 오버랩시킨 바람에, 그 글을 쓴 작가 앞에서 어떻게든 그 조합을 구체화시키고 있었던 것이다. 확신으로 들뜬 나머지, 내가 우리 두 사람을 존재하지 않는 기억 속으로 끌어들이고 만 것이다.

기억들이 충돌하는 것은 흔한 일이다. 우리는 마치 꿈속에서처럼, 전혀 상관없는 등장인물이나 배경, 장면들을 결합시키곤 한다. 그리고 감히 고백하건대, 나는 얽힌 실타래를 푸는 것을 좋아하고, 기억의 장난으로 잘못된 연결들을 원래 각자의 자리에 되돌려놓는 일에 매우 열심이다. 정신을 놓고 있으면, 허구는 즉각 현실에서 자신의 권리를 되찾는다.

플로베르는 한 여자 친구에게 보내는 편지에서 자신이 쓰고 있는 책을 언급하면서 "내 인물들이 그렇게 말했을 리가 없습니다"[2]라고 외쳤다. 마치 등장인물들에게 의무를 지우듯이, '했을 리가 없다'라는 표현까지 쓰면서 말이다. 이 일화는 플로베르가 자신이 쓴 작품 속에 살면서 허구와 현실을 더 이상 구분하지 않았다는 것을 입증하는 사례이다.

문학은 춥고 배고픈 자들에게 필요한 집과 잘 차려진 식탁을 선사한다. 이런 문학의 관대함 아래, 우리는 굶주림의 고통도 찬바람에 살을 에는 듯한 추위도 결코 느끼지 못할 것임을 알고 있다. 우리는 문학작품 속에 영원히 머문 채 그곳에서 단 한 발자국도 벗어나고 싶어 하지 않는다. 한 작가의 작품을 읽고 연구하는 것은 은신처에 몸을 숨기는 것이다. 그것은 거처하는 곳 구석구석, 그곳의 비밀과 결점, 다시 발라야 할 벽지, 바꾸어 달아

---

2 Gustave Flaubert, *Correspondance*, Tome III(1859~1868), Paris: Gallimard, 1991, p. 159.

야 할 커튼이 무엇인지 아는 것이며, 그리하여 작품이 필요로 하는 내밀함을 보장하게 된다. 책이란 모름지기 그런 것이다. 책을 읽을 때마다 우리는 이전까지 모르고 있었던 자신의 어떤 부분, 너무 빨리 지나가버린 삶의 한 에피소드, 왜 자신에게 생겼는지 몰랐기 때문에 말없이 부인해왔던 트라우마 등을 발견하게 된다. 텍스트가 지닌 일차적 의미 이상으로 이해하고자 하는 사람은 자신이 유달리 선호하는 숙소를 다시 찾는 여행자와 같다. 그것은 우리가 늘 돌아오는 곳, 비록 우리 집은 아니지만 문을 열거나 마루에 들어설 때마다 매번 '집에 왔다'라는 말을 끌어내는 그런 곳이다.

어떤 책을 다시 읽을 때도 같은 방식으로 감정이 표출된다. 그 책으로 '다시 돌아온' 것 같은 느낌으로, 처음 그 책이 우리에게 주었던 기쁨에 다시 파고드는 것이다. 그렇게 우리는 옷걸이에 모자를 걸고 실내화로 갈아 신으며 집으로 돌아온 듯한 기분을 느낀다. 간혹 책을 읽다가 나도 모르게 "집에 왔다"고 중얼거릴 때도 있다. 향기, 빛, 이전에 읽었던 글의 흔적, 작가의 독창적인 발상, 보지 못했던 어떤 구절 등이 새롭게 잠에서 깨어난다.

하루 일과를 마치고 밤이 되었을 때, 책과 빼곡히 기록한 수첩을 보고 있으면, 내일은 아무런 근심이 없을 것 같은 기분이 든다. 원래 우리가 두었던 상태 그대로의 작품을 되찾을 수 있을 것이라는 확신은 늘 같은 장소에 있는 집을 찾을 수 있을 것이라는 확신만큼이나 강하다. 긴 여행에서 돌아온 오디세우스처럼, 우리는 집에 머무르겠다고 생각하면서도 고작 하루만에 집을 떠나게 될 것이다. 되찾은 책은 더 이상 이전과 같은 책이 아니고,

어쩌면 책에 실리지 않은 그다음 이야기를 들려줄지도 모른다. 분위기는 바뀌어 있을 것이다. 더 짙은 빛, 먼지 알갱이들이 방 안에 스며드는 햇살 속에서 노닐 것이다. 그럼에도 여전히 네모진 창으로 새로운 빛이 친숙한 풍경 위를 비추고 있을 것이다. 가구들은 언제나처럼 듬직하게 우리를 둘러싸고 있고, 물건들도 먼지가 뽀얗게 쌓인 채 제자리를 지키고 있다. 예전에 발이 걸려 넘어질 뻔했던 카펫은 이제 빛바랜 물결무늬 속에 여전히 같은 덫을 놓는다. 집—책의 후미진 곳—은 우리를 안심시킬 것이다.

진정한 독서가는 젊은 시절엔 다독을 하지만 이후엔 재독을 한다. 읽고 또 읽는다. 걸작들의 의미를 천착해야겠다는 생각을 스스로 버릴 때까지. 그러고 나면 평생 읽을 책 몇 권만 남겨두고, 쓸데없는 잡동사니는 더 이상 쌓아두지 않게 될 것이다.

그리고 어쩌면, 뒷골목을 돌다가 우연히, 점집 간판 하나와 한국문학의 걸작 한 편을 헷갈려 할지도 모를 일이다.

새벽 세 시 포장마차에서

19세기 파리에는 3, 4천여 개의 노점이 있었다. 일부는 견고한 자재로 튼튼하게 지어졌지만, 대부분의 경우 변변찮은 재료로 어디선가 갑자기 지어지곤 했다. 1837년 파리 경찰청장이었던 들레세르Delessert는 다음과 같이 기록했다. "노점상은 햇빛이나 비를 피하기 위해 먼저 막을 친 다음, 판자를 놓고는 어느새 노점을 세웠다."[1] 이 가게들은 비공식적으로 적어도 행상인들과 수공업자들이 버는 정도의 경제 규모를 차지했는데 그 당시 발자크Honoré de Balzac는 이미 노점들이 사라지는 것을 애석해했다.

나는 한국에 방문할 때마다 이동하기 편한 인사동 일대에서 지냈곤 했다. 이제는 중국인이나 일본인 관광객들과 대량 생산된 기념품 가게들로 변해버렸지만 중심가에서 조금이라도 벗어

---

1 Manuel Charpy, "L'apprentissage du vide: Commerces populaires et espace public à Paris dans la première moitié du XXᵉ siècle", in *Espaces et sociétés*, 2011. 1/2, pp. 15~35.

나면 좁은 골목길과 허름한 집들이 서민적 정서를 간직하고 있었다. 인사동길과 우정국로 사이에 자리한 중앙광장에 10여 개의 포장마차가 있다. 아니, 있었다. 나는 그중 한 포장마차에 매일, 정확히 말하면 매일 밤 드나들었다. 땅거미가 질 때쯤 의례적으로 포장마차가 설치되는 광경, 주인들이 아주 좁은 공간에 요령껏 장비들을 펼치고 정리하는 모습을 즐거이 지켜보았고 그 가운데 한 모자가 운영하는 포장마차가 내 단골집이었다. 잠을 설치게 하는 무더운 여름날 저녁이면 나는 매일같이 그 포장마차를 찾아갔다. 장마철 저녁에는 쏟아지는 빗줄기 속에 가느다란 끈으로 겨우 버티던 천막이 휘어졌다. 손님들은 벌떡 일어나 포장마차 주인을 도왔고 주인은 매년 조금씩 더 찢어져가는 천막을 서툴게 고쳤다.

시간이 흐르기를, 귀가 시간을 기다리며, 포장마차가 내일을 기약하지 않는 만남들을 맞아 들이는 것을 지켜보고, 그곳에서 별다른 목적 따위 없는, 그저 있는 그대로의 대화들이 오가는 것을 참 좋아한다. 등받이 없는 불편한 플라스틱 의자에 앉아 내 주위에 방랑하는 시선을 그저 내버려둔다. 저녁이면 고층 건물에서 나온 직장인들이 가볍게 식사를 하고, 거하게 취하며, 아주 끝없이 가가대소한다. 그날 저녁, 예쁘지도 못생기지도 않은 한 여자가 넥타이를 맨 젊은 남자들에 둘러싸여 모임의 균형점을 이룬다. 여자는 술을 따르고, 또 술을 받아 마신다. 전반적으로 화기애애한 분위기 속에서 그녀는 무리에서 가장 먼저 아주 후하게 웃어준다.

혼령이 모습을 드러내길 지체하는 밤, 오고 가는 자들은 명상에 잠긴 이를 당황하게 한다. 우리는 그곳에서 절대 혼자가 아니다. 맥주나 소주 한 잔을 앞에 두고 있으면 한 무리가 조용히 들어와 질서 정연히 내 주위에 자리 잡는다. 누군가는 자신을 거절하는 미녀를 유혹해보려 하고, 또 다른 이는 보도블록 가장자리에 걸터앉아 기적처럼 술이 깨기만을 기다린다. 비슷하게 취해 있는 제 친구는 대리운전 업체에 전화를 건다. 누구는 목구멍이 훤히 보일 정도로 웃어 대고, 또 다른 누구는 실연당해 운다. 그리고 너는 나처럼 해가 뜨기를 기다리는구나. 김용균의 시를 같이 낭송해보자.

새벽녘이면 영락없이
하늘을 본다.
계절에 상관없이
오도독 돋는 몸소름,
삶에 무섬증을 탄다.
　　　　　　　　—김용균, 「포장마차에서 별을 보다」 부분[2]

　사람들은 서양인인 내게 대부분 먼저 영어로 말을 붙이며 다가온다(하지만 이는 오래가지 않는다). 그리고 나서 빛나는 눈빛을 발산하는, 잠시 지나가는 그 손님과 함께 한국어로 종종 두서없는 대화를 시작한다. 술로 무거워진 두 혀가 뱉어내는 단어들이 서로 얽히고설키면서 유쾌하고 재연 불가능한, 그런 종잡을

2　김용균, 『포장마차에서 별을 보다』, 현대시문학사, 2005.

수 없는 말로 조합된다. 다 알아듣는 척해야 한다. 우리는 여기 말하기 위해 있으니까. 사람들은 내 희끗희끗한 머리를 보고서 나를 '선배님'이라 부르며 자기 인생의 단편 속으로 끌고 들어가고, 나는 공들여 만든 전략으로 이야기 속에서 빠져나가려 하곤 한다. 포장마차는 아주 강렬하고 진실하고도 인위적인 사회성을 보여주는 장소이자, 배제될 걱정 없이 비애가 방출되는 곳이다. 여기서 우리는 세상을 다시 만들고 우정을 쌓으며 인류는 원시적인 제모습을 되찾는다. 어둠 속에서 이상한 움직임이 배회한다. '2차, 3차, 4차!' 이 밤이 끝나서는 안 된다. 아직 서로에게 할 말이 너무도 많다.

　포장마차에서 글을 쓰는 것은 불가능하다. 낮보다 더 온화한 밤은 종종 더듬거리며 돋아나는 글을 써내기 이로운데, 아쉽다. 티, 코코아, 커피와 함께 비밀을 나누길 꺼리는 카페들과 달리 포장마차는 말이 많아지고, 큰 소리로 말하게 하고, 몸짓까지 크게 연극적으로 만든다. 이런 분위기는 수첩에 몇 줄 연달아 기록하는 것을 방해하기에 아주 충분하다. 메모들을 적어두고 싶다면 기억 속에 각인될 때까지 계속 머릿속으로 되새겨야 한다. 그럼에도 포장마차는 글감으로 제격이다. 포장마차에 축적되는 것은 글에 대한 구상이나 주제라기보다 쌓이고 쌓인 흔적 더미, 방황하는 영혼들의 추억, 언젠가 어떤 글 모퉁이에서 갑자기 나타날 얼굴 없는 인물들이다. 하지만 포장마차는 글쓰기를 실행으로 옮길 수 없게 한다. 한 연인이 생일 파티를 하니 새벽이 밝아올 때까지 노래를 불러야 하기 때문이다.

　이 포장마차들도 사라져 간다. 여기 한때 열 군데 정도 남아 있던 포장마차는 이제 두 군데만 꿋꿋이 자리를 지키고 있다. 공공장소는 더 이상 무질서를 용인하지 않고 통제할 수 없는 거리 위 포장마차의 배열과 위생에 절망스러워 한다. 하물며 거기서 이루어지는 사회적 관계는 말할 것도 없다. 이제 거리에는 역사 기념물이 잔뜩 들어서고 매일같이 각양각색의 조각물들이 고고한 자태로 압도하는 반면, 포장마차 같은 노점들은 근심이 덜한 곳으로 떠밀려 간다. 몇 년 전의 일이지만 그 노점들을 종종 난폭하게 허물어버리기도 했다. 모든 수도는 미덕의 본보기로 설립되고 그 외곽에 무질서가 자리하게 된다.

포장마차는 거드름 피우는 도시들의 정치적 타격을 받으며 사라지고, 서울은 위생 난국 속에서 '매력적인 허브'로 거듭나고자 의지를 다지면서 한국적이었던 공간들을 헐값에 팔아 치운다. 중간 계층들을 멀리 떨어져 있는 변두리로 쫓아내면서 서울은 영혼을 저버린 채 대도시를 향한 추세에 발맞추어간다. 공공장소의 질서 정립은 대도시뿐만 아니라 중소 도시 그리고 가끔 시골 마을에까지 이른다. 이제 사회적 통제는, 특히 현대의 소비 문화에서 제곱미터 단위로 측정될 수 있다. 상점과 이동은 비장의 카드이다. 보도는 정비되고 깨끗해진다. 그렇게 도시는 안락함을 얻으면서 개성을 잃는다. 인사동 길 어귀의 좁은 골목에 나이 든 아주머니가 운영하던 작은 천막집이 사라졌다. 그 집에서 아주머니는 담배 몇 갑, 작은 생수병과 껌 몇 통을 팔았다. 그리고 누구에게도 해를 끼치지 않는 막집이 자리했던 그 장소에 이제 아무것도 없다. 정말 아무것도 없다. 아주머니 어디 계세요? 이 고요한 밤에 당신을 불러봅니다. 내 하룻저녁 친구들은 다 어디로 갔고, 우리가 함께 나눴던 야밤의 수다는 어디에 있는지? 미국식 대형 프랜차이즈 카페들엔 그 기억의 흔적이 없다.

파리에서 그랬듯이 언젠가 대중적인 장소와 관습들이 다시 생기를 되찾고 옛 명성을 새로이 누릴 수도 있다. 분명 밤의 손님들은 더 이상 노동자도, 행상도, 소상인도 아닐 것이다. 그들은 세상을 변화시키려 다시 돌아오지 않는다. 새 손님들은 중산층, 은행 간부, 마케팅 책임자, 플랫폼 기술 관리자 들과 같은, 교체된 부류에 속할 것이고 그들은 어르신들이 들려주는 이야기를 통해 옛 시절의 기분을 만끽하러 올 것이다. 그러니 아주머니, 막집을 되찾으시고 생수병과 제 담배를 다시 장사하실 수 있을 겁니다. 더 이상 아무 염려 마세요. 밤에 방황하던 자들이 이제 넥타이를 매고 있습니다.

조에 부스케의 방

조에 부스케Joë Bousquet는 프랑스의 시인이자 작가로 생전 대중 사이에서 받았던 관심을 훨씬 뛰어넘는 오라를 지니고 있었다. 제1차 세계대전이 벌어지던 1918년 5월 28일, 프랑스 북부 바이이Vailly 근처에서 독일군이 발포한 탄환에 척추를 관통당했던 당시 그의 나이는 21살이었다. 이후 하반신 불구의 몸으로, 회복될 희망이라곤 조금도 없이, 1950년 세상을 뜨기 전까지 32년간 여생을 자신의 방에 틀어박힌 채 침대 위에서 작품을 완성했다. 그는 고통을 표현하되 결코 한탄으로 이어지지 않는 시, 소설, 서한문, 사색적 수필 등을 발표하며 왕성한 작품 활동을 펼쳤다. 어머니의 난산으로 세상에 태어났던 그는(그는 이렇게 말하리라. '나는 태어나기도 전에 이미 죽은 몸이었다') 세상으로부터 사라져버리기를 끊임없이 바랐다. 유년시절 언젠가는 자신을 치료하던 의사에게 "난 살아 있어선 안 되는 사람이에요"[1]라고 말하면서 죽게 내버려달라고 애원한 적도 있었다. 자서전 『침묵에서 번역된*Traduit du silence*』에 그는 "극심한 고통 속에서도, 그것을 표현하는 내 능력에 한계가 있다는 사실을 알게 된 것이 특히 괴로웠다"[2]라고 썼다. 지드André Gide, 엘뤼아르Paul Éluard, 발레리Paul Valéry와 같은 당대 문인들, 그리고 피카소 Pablo Picasso, 에른스트Max Ernst를 비롯한 화가들은 부스케의 집을 자주 방문했다. 당연한 일이지만, 그는 책과 수첩에 둘러싸인 채 자신이 칩거하는 방에서 그들을 맞았다. 부스케를 생각할 때면 덴마크 화가 빌헬름 함메르쇼이Vilhelm Hammershøi가 떠오르는데, 자발적 은둔자였던 그 역시 일생의 대부분을 집 안에서 보냈다. 그는 햇살에 춤추듯 너울거리는 먼지, 일하고 있는 하녀, 몽상에 잠긴 아내의 모습들을 강박적일 정도로 집요하게 그려냈다. 그리고 어쩌다 바깥 풍경을 그리려고 용기를 낼 때도 창 밖으로 펼쳐진 풍경만을 화폭에 담곤 했다.

조에 부스케의 집은 프랑스 남부의 요새 도시 카르카손 Carcassonne에서 좀 떨어진 곳에 있다. 현재 박물관으로 쓰이고 있는 부스케의 집 1층에 들어서면 빛이 잘 들어오는 위층 전시실로 이어지는 넓은 계단이 있고, 전시실 흰 벽에는 그의 삶과 작품을 조명한 전시물들이 게시되어 있다. 집 안의 모든 공간을 자유롭게 둘러볼 수 있지만, 부스케의 방만은 예외다. 통행을 막아 놓아서 일반 관람객들은 들어갈 수가 없다.

회벽으로 된 긴 복도 쪽에 나 있는 낮은 실내 창을 통해서 방

1 Édith de la Héronnière, *Joë Bousquet: une vie à corps perdu*, Paris: Albin Michel, 2006, p. 16.
2 Joë Bousquet, *La Traduit du silence*, Paris: Gallimard, 1980[1941], p. 28.

을 들여다볼 수 있긴 하지만 유리창에 코를 바짝 대고, 역광을 피해 두 손으로 눈을 가려가면서 창 너머로 보는 것에 만족해야 한다. 그럼에도 방문객으로 북적거리는 날이면 창문 자리를 놓고 쟁탈전이 벌어진다. 넓은 위층 중앙에 위치한 그의 방은 마치 침묵의 조각들로 이루어진 육체 한가운데 있는 자궁 같다. 고대 신화에서 무녀 피티아가 신탁을 내리던 사당 같다고나 할까. 조에 부스케의 열렬한 찬미자였던 가스통 바슐라르Gaston Bachelard는 『공간의 시학La Poétique de l'espace』에서 "성 속에 있다고 해도 조개껍질 속 같은 원초의 아득함을 찾아내는 것, 이것이 바로 현상학자의 기본적인 작업이다"[3]라고 말했다. 우리는 조개껍질 주위를 맴돌 수 있지만 결코 그 안으로 들어갈 수 없다. 부스케의 방은 어둡다. 침대가 방 한가운데를 차지하고 있고, 벽은 그림으로 뒤덮여 있다. 책들이 방문객들의 호기심을 끌고, 수첩들은 유폐된 삶의 비밀을 고스란히 간직한 듯 보인다. 부스케는 침대 위에서 글을 썼고, 주어진 공간에서 살아남기 위해 그 공간과 맞서 싸웠다. "이 세상 어느 누구도 모를 것이다. [……] 몸도 안 움직이고, 어떠한 새로운 영감도 바깥에서 얻을 수 없는 한 남자가 자신의 작품을 보존하기 위해 어떤 자질, 어떤 알려지지 않은 결점들, 심지어 어떤 야만적인 행위를 필요로 했는지"[4] 와 같은 글에서도 잘 드러난다. 그의 방은 사진을 통해 알려진 모습 그대로 70년이 지난 지금도 변함이 없다. 단지 작가 본인만

3 가스통 바슐라르, 『공간의 시학』, 곽광수 옮김, 동문선, 2003, p. 114(Original Language Edition: 1957).
4 Édith de la Héronnière, ibid, p. 77.

그 자리에 없을 뿐이다. 친구들은 밤낮 가리지 않고 그를 찾았다. 어떤 친구들은 '공식적인' 문으로 들어간 반면, 사이가 각별했던 몇몇은 무거운 방장 뒤에 숨겨진 비밀 문으로 들어갔다. 방은 살롱으로 변신했고, 방 주인의 재기 발랄함이 거기 모인 방청객들을 즐겁게 해주었다.

나는 한국에서 온 작가이자 친구인 이승우와 부스케의 집을 거닐었다. 이승우의 작품들 속에서 '방'과 '이동'은 중요한 자리를 차지한다.[5] 그의 작품 속 방은 항상 비어 있고 협소하며, 어둡고 습하면서 사방이 트여 있다. 작중 인물들은 꿈을 꿀 때도 대개 방에 대한 꿈을 꾸는데, 꿈에 나오는 방들은 다른 방들과 계속 겹쳐지면서 무한한 불안을 야기하는 흡사 미로와 같다. 그런 방은 결코 휴식의 공간이 아니다. 때로 방 안에서 멈추는 인물도 있다. 그는 두 손으로 책을 쥐고 바닥에 주저앉았다가 무언가 불편한지 계속 자세를 바꾼다. 그러다가 출발점과 도착점을 계속 오가면서 방 안을 맴돈다. 고통이 극심해지면 방은 내면의 극적인 사건을 토로하는 장소가 되고, 역경에서 벗어난 그는 자신의 근원적 가치를 되찾고 원기를 회복하여 건강한 모습으로 다시 삶을 꿈꾸게 된다.

우리는 종종 세상의 동요로부터 벗어나 방 안에 바리케이트를 치고 책과 수첩, 틀어박혀 있기에 충분한 양의 잉크에 둘러싸여 지내기를 꿈꾼다. 삶을 방 하나 크기로 축소시키면 포근한 세상

---

5 한국 문화에서 방은 내적 공간의 의미를 갖는다. 잠을 자는 곳, 일하는 곳, 또는 식당의 별실이 되기도 한다.

이 돌연 생겨나고, 세상에 대한 야만적인 투쟁도 내쳐진다. 그렇게 평화로워진 사회적 관계는 침묵을 받아들이고, 어두운 방에서 우리는 평화를 꿈꾼다.

이승우 작가가 창 밖에서 부스케의 방 안을 유심히 살펴본다. 방을 휴식이 불가능한 장소, 작가 본인의 표현에 따르면 '자폐적' 내적 공간으로 묘사했던 바로 그 작가가, 자신의 방을 은연중 자신이 누울 관으로 만들어버린 동료 작가의 방을 은밀히 관찰하고 있는 것이다. 조에 부스케의 방에서 느껴지는 한정된 시계(視界)와 상상계 사이의 대비는 둘 사이를 구분한다기보다 침대에 누워 지냈던 작가의 투쟁을 드러내는 듯하다. 강한 햇살에 찌푸려진 우리 눈 아래로, 작가의 극적인 삶이 수천 번 재연된다. 그런데 방을 지정된 거소로 여기는 이 한국 작가는 대체 지금 무슨 생각을 하고 있을까? 부동성(不動性)에 굴복하고 싶은 걸까 아니면 안착하는 순간 다시 떠나야 함을 확인하고 있는 걸까? 한쪽은 이동으로부터, 다른 한쪽은 부동성으로부터 영감을 끌어낸다.

옛 사람들은 유목민이었다. 그들은 집을 짓지 않았고, 물건을 교환했으며 여행이라는 것을 만들어냈다. 바람처럼 가볍게 여기저기 옮겨 다니며, 낮에는 걷고 밤에는 자고, 다음 날이 되면 또 새로운 고장을 향해 나아갔다. 말하자면 그렇게 상상력의 경계를 넓혀갔다. 한자리에 정착하는 것은 변화, 무모함, 새로움을 죽이는 일이었다. 반면, 어디 한곳에 정착한 이들은 자기 땅에 붙들려 끊임없이, 항상 더 높이, 더 멀리 무언가를 세우고 키웠으며, 화폐를 만들었다. 세상은 그들의 시계로 한정되었다. 하지만 상상계는 이동을 하며, 이동을 완성하고 초월한다. 부스케는 작품이 이동에도, 무한한 공간에도 좌우되지 않는다는 사실을 입증한다. 그가 극대화하는 현실을 미약하게나마 보완해주는 것. 침대에 갇힌 부스케의 방에서 시선을 떼지 못할 때 이 유목민 작가를 관통하던 생각은 바로 이런 것이 아닐까?

부스케의 집은 작가의 삶에 대해선 거의 알려주지 않는다. 파리(뿐만 아니라 다른 지역에도 있다)에 있는 발자크의 집은 서글프기 짝이 없고, 파리 보주 광장에 있는 빅토르 위고Victo Hugo의 집은 철저히 연대순으로 관람하게 되어 있다. 하지만 작가의 집이, 작가가 그곳에서 어떻게 살았는지 전혀 보여주지 못한다면 도대체 무슨 의미란 말인가? 조에 부스케의 방은 거짓말을 하지 않는다. 그의 방은 그의 삶의 일부, 가장 길고, 가장 쓰라린 인생의 한 부분이다. 그것은 그의 작품 자체이다.

나의 우아한 시체

잘 모르는 사람들을 위해 말하자면, 엑상프로방스는 빠른 걸음으로 40분 안에 돌아볼 수 있는 작은 도시다. 외관이 노랗게 변해버린 높은 주택들 뒤 좁은 골목길들은 햇빛도 들지 않는다. 그 골목은 여름에 그늘이 드리우고, 겨울이면 어두컴컴해지지만 길을 지나가는 우리의 기분은 변치 않는다. 한 방향으로, 또 반대 방향으로도 어쩌면 평생을 지나갈 수도 있는 이 골목길은 우리에게 매번 색다른 구경거리를 선사한다. 마치 우리가 잘 알고 있다고 믿었던 것들이 매 산책마다 제 모습을 바꾸려 애쓴다. 참 역설적이다. 그리고 시내는 지인이 잠깐이라도 외출하는 날이면 어떻게든 길에서 그를 만날 수밖에 없을 정도로 작다. 이 장소에 익숙한 이가 낮은 건물 모퉁이에서 발길마다 매번 추억에 잠기는 것은 흔한 일이다. 오래된 돌로 지어진 부르주아식 건물 측면 위에서 한국 친구 얼굴이 거리낌 없이 나타나는 것도 드문 일이 아니다. 어디에선가 갑자기 나타난 그 친구의 얼굴은 내게 기억이 의무라는 사실을 일깨운다. 단 하루 방문한 친구, 한 달 혹은 한 해를 지낸 친구, 이 모든 친구가 도시 여기저기에 그리고 우리 마음속에 지울 수 없는 흔적을 남겼다. 설리번카페에서 마셨던 맥주 한잔, 미라보거리에서 뜻밖에 마주쳤던 순간 혹은 카페 레되가르송Les Deux Garçons에서 나눴던 이야기 속으로 내딛는 발자국 하나하나가 우리를 추억 속에 잠기게 한다. 친구들은 모두 본국으로 돌아갔고, 우리는 추억을 가득 안고 계속 앞으로 나아가야 한다.

1925년, 자크 프레베르Jacques Prévert, 앙드레 브르통André Breton, 막스 에른스트를 비롯한 프랑스 초현실주의자들은 문학 놀이를 하나 발명했다. 이 놀이의 법칙은 이전의 작업을 알지 못한 채 여럿이서 하나의 문장이나 데생을 함께 구성하는 것이다. 한 사람이 첫 단어를 쓰고 종잇장 뒤에 숨긴다. 그다음 사람은 앞사람이 써놓은 단어를 모른 채 또 하나의 단어를 이어 써야 한다. 참여한 모든 이가 다 같이 놀이가 끝났다고 결정하는 순간, 놀이는 종결된다. 가렸던 종이를 뒤집으면 부조리하고 시적이면서도 미묘한 문장이 차례차례 제 모습을 드러낸다. 이렇게 만들어진 문장이 "우아한-시체가-새-포도주를-마시겠다"이고 놀이를 '카다브르 엑스키'라고 불렀다.[1]

우리는 몇 주, 몇 달, 혹은 한 해 동안 체류하기 위해 한국에서 날아온 작가, 비평가 그리고 교수 들을 거의 20년 전부터 엑상

---

1 Le cadavre-exquis-boira-le vin-nouveau라는 문장의 첫 구절 '카다브르 엑스키 cadavre exquis'는 글자 그대로 '우아한 시체'를 뜻한다—옮긴이.

프로방스에서 맞이하고 있다. 시간이 지나면서 엑상프로방스라는 도시는 그들과의 만남, 주고받은 대화와 함께 하나의 추억 창고로 변모했다. 한 친구가 와서 시간 한 겹을 기록하고서 종잇장 뒤에 숨겼다. 그 후 다른 친구가 와서 또 다른 누군가가 같은 동작을 반복하기 전에 또 한 겹의 시간을 새기고 감춰버린다. 이윽고 우리가 그 종이를 뒤집어볼 때면, 마치 현상액에 담가둔 사진처럼 잡다한 추억들은 수수께끼같이 연쇄적으로 떠오른다. 다들 자신들의 선임자와 후임자를 모른 채 우리의 기억 속에 자신의 기억을 연결해두었다.

술 한잔의 가벼운 취기로 추억을 되새기기 좋은 저녁이면 우리는 말없는 길동무와 함께 골목을 배회한다. 이번에도 역시 완성되지 못할 대화를 다시 이어간다. 즐거운 나날의 추억들로 마음은 물결 위에 나부끼게 두고 아내의 자그맣고 따뜻한 손을 잡고서 기억과 망각의 해학을 무능하게 바라본다. 우리는 오로지 사랑과 추억을 만들어내기 위해 살아간다는 것을 떠올릴 수 있어서 기쁘다. 한 아름 가득한 추억이구나.

다가오는 크리스마스로 찬란히 빛나는 12월의 밤, 붐비는 인파 속 신성한 평온에 잠겨 제 심장이 당신의 부재 속에 요동칩니다. 당신과 함께했던 과거의 순간을 그저 흘러가게 내버려두지 말걸 그랬습니다.

마주 잡은 손

이화여대 근처 카페에서 너는 친구의 대화를 흘려듣는다. 푹
신한 의자에 몸을 묻은 채 통유리 창밖으로 대로를 건너 카페 양
쪽으로 갈라지며 걷는 사람들을 본다. 한 젊은 서양 여성이 들
어온다. 아슬아슬한 미니스커트를 입은 한국 아가씨들 사이에
서 그녀의 하늘거리는 긴 꽃무늬 원피스는 유독 눈에 띈다. 은근
한 매력을 풍기는 화장기 없는 해사한 얼굴은 안경으로 가려져
있지만, 한 청년이 일어서자 낭만으로 반짝인다. 너는 앞에 앉은
친구의 어깨 너머로 청년의 뒷모습을 본다. 짧은 꽁지머리의 그
에게 호감을 느낀다. 방금 들어온 여인은 청년에게 다가가고 그
녀의 시선은 욕망 속에서 헤매지 않는다. 쾌락도 지나친 유혹도
없이 감정 표현은 배제되어 있다. 인사로 나누는 수줍은 볼 키스
는 짧았지만 영겁이 지난 듯하다. 오랜 친구의 만남처럼 더없이
자연스러워 보인다.

두 사람은 출구로 향하고 문을 열어 밖으로 나간다. 통유리 반

대편에서 너의 앞으로 지나간다. 몇 걸음 걷자마자 그들의 손이 서로를 찾고 스치고 이내 잡는 순간 거리는 고요해진다. 수줍음은 시끌벅적한 거리를 떠났고, 그들은 이제 어깨를 나란히, 빈틈없이, 한 몸이 된 듯 걸어간다. 너는 두 사람이 두 손을 맞잡고 그들만의 세상을 향하여 인간세계를 떠나는 것을 바라볼 뿐이다. 그들의 손 이외에는 무엇도 보이지 않는다. 맞잡은 두 손은 우주에 도전장을 던지는 것 같다.

오랫동안 프랑스 문학계에 영향을 미쳤던 대문호 조르주 베르나노스Georges Bernanos는 그의 소설에서 한 소녀가 "두 눈보다 몇천 배나 더 자신을 잘 폭로하는 인간의 손이 얼마나 놀라운 표현력을 가지고 있는가를 발견했다. 손은 거짓말에 능하지 못하다"[1]라고 묘사했다. 손은 배신하지 않는다. 바슐라르는 손이 붙잡을 때 질료를 변화시킨다고 말했다.[2] 연인의 손, 구원의 손, 삶을 움켜잡는 손, 죽을 때까지 함께하는 손.

그러나 손은 부조화를 이루기도 한다. 질투의 손, 이를테면 왼손은 자신의 동료와도 같은 오른손의 침묵을 용서하지 않는다. 한유주는 「나는 필경……」에서 손의 역할을 명확히 분배하면서 창작 과정을 묘사한다.[3] 왼손은 왕, 오른손은 왕의 필경사이다. 왕은 생각하고 필경사는 글을 쓴다. 오른손은 주인이고 왼손

---

1 조르주 베르나노스, 『무쉐트의 새로운 이야기Nouvelle histoire de Mouchette』, 남궁연 옮김, 성바오로출판사, 1978, p. 144(Original Language Edition: 1948).

2 Jean-Jacques Wunenburger, "Gaston Bachelard et la médiance des matières arche-cosmiques", in Philosophie, ville et architecture, 2000, pp. 27~41.

3 한유주, 『나의 왼손은 왕, 오른손은 왕의 필경사』, 문학과지성사, 2011.

은 노예라 믿는다. 어느 날 왕은 몇 단어도 늘어놓을 수 없고 필경사는 느긋이 기다린다. 오른손은 왼손의 의지에 구속되어 혼자서는 아무것도 할 수 없다. 언어를 담당하는 좌뇌의 명령을 받는다는 것을 자각한다면 이를 잘 활용할 수 있을 것이다. 반전의 논리에서 노예는 주인이 될 것이다. 문장은 바로 뇌에서 종이로 옮겨질 것이다. 왕은 이상적인 글을 추구하는 거만한 자의 역할을 할 뿐이다. 아직도 두 손은 자장(磁場)[4]으로 달려가지 않는다. 앙드레 브르통은 "문학이란 가장 허술한 길이면서 모든 것에 이르는 길 가운데 하나임을 부디 명심하라"[5]고 하지 않았던가.

손은 서로 사랑하고 대립하고 또는 절망으로 서로에게 집착한다. 프랑수아 모리아크François Mauriac는 노벨문학상 수상 전해에 『더러운 아이』[6]를 출간했다. 작품 속에서 부르주아계급이자 신랄한 성격의 어머니는 볼품없고 못생긴 아들을 끊임없이 학대하고, 무기력하고 겁쟁이인 남편 역시 박대한다. 아버지와 아들은 큰 집에서 간신히 인내하며 살아간다. 마을의 한 교사만이 이 아이를 보살피고 교육을 시키고자 했으나 결국 포기할 수밖에 없었고 아이는 절망한다.

이 소설은 1972년에 영화화되었다. 마지막 장면에서, 교사가 떠난 후 아이는 울면서 당당히 존재하고 교육을 받고 사랑받을

---

4 앙드레 브르통과 필립 수포Philippe Soupault가 함께 작업한 『자장Les Champs magnétiques』(1948)은 자동기술법을 다룬 산문으로 초현실주의 발생의 기원이 된 작품이라 할 수 있다.

5 앙드레 브르통, 『초현실주의 선언Manifeste du surréalisme』, 황현산 옮김, 미메시스, 2012, p. 22(Original Language Edition: 1924).

6 François Mauriac, Le Sagouin, Paris: Table ronde, 1951.

수 있는 마지막 희망이 사라졌다는 것을 깨닫는다. 그는 도망치
듯 연못으로 달려간다. 모든 것을 끝내고 싶었다. 카메라는 달
리는 소년을 뒤에서 찍으면서 오른손을 클로즈업한다. 이때 다
른 손도 클로즈업되며 소년의 손을 잡는다. 카메라는 줌 아웃하
고 관객은 아버지와 아들이 서로 손을 맞잡고 투신할 연못으로
달려가고 있다는 것을 알게 된다. 무언의 고통 속에 외따로 있던
아이와 아버지는 그들의 비참한 삶의 마지막 순간에 함께 한다.
동반 죽음으로 어머니이자 아내로부터 받은 비극에서 승리한다.

손을 잡은 두 존재는 언제나 세상을 밀어낸다.

3부

이후의 세상

향수(鄕愁)를 읽다
― 이승우의 장편소설에 대하여[1]

형벌이 아닌 유배란 없다. 시오랑은 『해체 개요*Précis de décomposition*』에서 "다른 곳에의 강박은 곧 현재 순간의 지속 불가능성이며, 그 불가능성은 향수 자체이다"[2]라고 말했다. 유배와 향수. 이 테마 구성이 소설 한가운데, '캉탕' 한가운데 윤곽을 드러내며 소설을 지탱한다. 탄식도 그리움도 없는 향수, 삶의 그 어떤 존재 양태보다 앞서 존재하는 것을 되찾으려는 시도 속에서 잃어버린 낙원에 질문을 던지는, 말하자면 어떤 새로운 시작의 근거가 되는 향수. 『모비 딕*Moby Dick*』과 선원 핍,[3] 『오디세이아*Odysseia*』와 오디세우스, 부테스와 세이렌, 요나와 고래가 이 소설의 틀을 이루고, 그 속에서 작가는 그 어느 때보다 독자와의 숨바꼭질을 즐기고 있다.

---

1   이승우, 『캉탕』, 현대문학, 2019. 이후 인용 시 해당 쪽수만 밝힌다.
2   Emil Cioran, *Précis de décomposition*, Paris: Gallimard, 2011〔1949〕, p. 49.
3   허먼 멜빌Herman Melville의 장편소설 『모비 딕』(1851)의 등장인물 이름이다.

내면의 경보

소설의 주인공 한중수는 친구이자 '마음의 일'을 다루는 전문의인 J에게—이승우의 작품에서 정신과 의사의 등장은 처음이다[4]—기이한 이유로 상담을 한다. 그가 어떤 특정 상황에 처하면 머릿속에서 '경고음'이 울렸기 때문이다. 경고음은 아주 고통스러운 이명의 형태로 나타나는데, 이 현상은 아마도 "머릿속에 가득 들어차 있는 먼지들"(p. 59) 사이에서 발생하는 것으로, 청각기관의 장애와는 상관이 없다. 이런저런 검사를 해보지만 그들은 아무것도 밝혀내지 못한다. 신중하고 현명한 의사 J는 한중수를 혼란에 빠뜨리는 상황에 이명 현상을 연결 지으며, 일상의 익숙한 영역을 벗어나 전혀 모르는 다른 세상으로 즉시 떠나라고 그에게 충고한다. 한중수는 대서양 해안의 작은 항구도시, J의 외삼촌 그리고 핍이 살고 있는 곳, 캉탕을 향해 황급히 떠난다. "이제까지의 [……] [한중수]가 현재의 [한중수]를 간섭할 수 없는 곳"(p. 22)이다. 그의 명확한 진술에 따르면, 이 경고음은 "머릿속 정중앙에서 시작되어 머리 전체로 [……] 퍼지면서 점차 커지는 사이렌 소리"[5]처럼 울리며, "진동을 동반해서 머리를 흔들"(p. 105)어놓는 참기 힘든 고통을 일으킨다. 이것은 내면의 경보, 육감(六感)과 유사한 무엇, 쾌락 혹은 위험을 무차별적

---

4 『한낮의 시선』(자음과모음, 2009)에 등장하는 인물은 심리학 교수이다.
5 사이렌은 이 소설에서 어떤 위험을 알리는 경고음으로 쓰인다. 그리스신화에서 어떤 쾌락적 유혹의 상징처럼 취급받는 요정 '세이렌'은 프랑스어에서 사이렌과 동일하게 '시렌'으로 발음된다—옮긴이.

으로 불러일으키는 원천이 될 수 있는, 돌발적인 상황에 대한 경고이다. 현재 일어나고 있는 상황이 과거의 어떤 상황에 연결되면서 이 위험신호는 어떤 직감을 불러 일으키는데, 현재 상황에 대한 합리적 추론은 오직 2차적으로만 개입될 뿐이다. 그 경고음이 한중수의 경우처럼 증상이 될 때, 우리는 어떤 고통스러운 과거가 간헐적으로 모습을 드러내며 문제를 일으키고 있다는 가정을 세울 수 있다. 어느 정도 억압된 상태로—경우에 따라 전의식 혹은 무의식 속에 파묻힌—몸소 겪은 경험이 환기되고 있다는 표시로 경보음이 울리는 것이다. 한중수는 이 신호를 아버지와의 나쁜 관계 탓으로 돌린다. 과거, 아버지의 무책임한 행동으로 인해 그의 죽음을 바랄 정도로 지독하게 고통을 겪었던 적이 있기 때문이다. 경보는 예감, 경고, 주의와 같은 의미를 지닌다. 아버지와의 유해한 관계는 한중수가 의식적인 말로 표현한 것으로, 그의 정신세계 속 암흑의 영역을 더 이상 건드리지 않기 때문에 이 경계경보의 전적인 동기가 될 수 없다. 그렇다면, 사이렌은 그의 "머릿속에 가득 들어차 있는 먼지들"(p. 59) 사이 어딘가에서, 혹시 출구를 찾지 못하는 강박적인 생각들 때문에 울리는 것일 수도 있지 않을까? 그 경보는 증상을 드러내는 출구라기보다 오히려 그것을 은폐하는 것일지도 모른다. 우리는 추측만 할 수 있을 뿐이다. 사이렌은 한중수 안에 어떤 타자가 있음을 경고한다. 그의 정신과 육체는 더 이상 자기 자신의 것이 아니며, 어떤 상황에서는 그가 아닌 다른 존재가 지시를 내린다. 탐지된 위험은 그 위험에 대한 의식에서 비롯하는데, 그 이유는 등장인물의 의식적 측면이 경고음을 울리는 몫을 담당할 수 없

기 때문이다. 여기에 독자를 곤혹스럽게 만드는 어떤 이중성이
있다. 우리는 이 의식된 경고음을 파묻힌, 억눌린 과거 속에 위
치시켜야 한다. 작가의 전작들처럼, 『캉탕』 또한 은폐 실습, 어
떤 의미에서는 '가면 없는' 은폐 실습이 아닌가.

"나는 타자다"[6]라고 말한 랭보 옆에, 한중수는 "나는 여럿"[7]이
라고 말한 페소아를 세울 수 있을 것이다. 이 포르투갈 작가는
1915년 1월 1일 코르테스 로드리게스에게 보낸 편지에 자신의
문학작품 속에 들어 있는 여든다섯 개의 상이한 이름[8]에 대해 이
렇게 적었다. "나는 이들 각각의 이름 속에 삶에 대한 심오한 관
념을 하나씩 배치했는데, 그 관념은 매번 다르지만, 실존한다는
이 오묘하고 중대한 사실에 언제나 진지한 주의를 기울일 줄 압
니다."[9] 하나의 삶은 종종 여러 삶의 결집체이며, 우리는 각각의
삶과 공존하는 현실을 받아들여야 한다. 그러나 한중수의 경우,
그 안에 살고 있는 타자가 그를 능가하면서, 시도 때도 없이 경
보를 울리며 자신의 존재를 알린다. 그는 자신이 겪는 고통의 근
원을 알지 못하지만, 예감은 하고 있다. 이 직감은 그가 캉탕에
서 만난 선교사, 타나엘의 고백에 관심을 기울이는 대목에서 드
러난다. 타나엘이 자신의 과거와 의혹들을 (자신의 과거에 대한

---

6 Arthur Rimbaud, "Lettre à Paul Demeny", 1871. 5. 15, in *Correspondance*,
   Paris: Éditions des cahiers libres, 1929, pp. 51~63.
7 Fernando Pessoa, *Novas Poesia Inéditas*, Lisboa: Atica, 1979, p. 48.
8 그는 전 작가 생애에 걸쳐, 자신의 이름 외에도 거의 여든다섯 개에 이르는 이명
   (異名)을 사용하며 허구적인 작가들을 구현하였다.
9 Jérôme de Gramont, "Sur Fernando Pessoa: De combien de vies sommes-
   nous capables?", in *Études*, 2011. 4, pp. 511~19.

의혹들도 덧붙일 수 있을 것이다) 털어놓는 동안, 한중수의 내면에서 경보 장치가 작동하기 시작한다. 그는 고통에 겨워 테이블에 머리를 몇 번이나 내리찍고는 의식을 잃고 쓰러져 병원에 이송되기까지 한다. 타나엘의 회상이 그의 과거를 떠올린 것이다. 한중수는 과거를 잊기 위해 오디세우스의 길동무들이 먹었던 그 대추 열매를 먹는 행운을 누리지 못했다. 어떤 상황이 존재의 온전한 상태를 위협할 때, 현실을 차단하는 것은 해결책이 될 수 있다. 말하자면 혼절을 통하여 현실에 대한 주체의 접속을 차단시키는 것이다. 타나엘이 표명한 자기 과거에 대한 의혹과 마주할 때 우리는 그와 대칭을 이루는 닮은꼴을 한중수에게서 발견하게 된다. 우리의 주인공은 그의 신체적 온전함에 타격을 가함으로써 정신적 온전함을 지키려 한다. 과거가, 억눌려 있던 어떤 시간이, 표면으로 올라와 의식의 문에 초인종을 울린다.

거울 유희

타나엘과 한중수의 만남은 우연이 아니다. 보이지 않는 어떤 관계가 그들을 연결하고 있다. 두 사람은 모두 글을 쓴다. 그러나 타나엘은 사람들이 회고록이라 믿는 글을 쓰는 데 엄청난 어려움을 겪는다. 그런데 실은, 글쓰기를 통하여 자신의 과거를 고백하고 있다. 수십 년 전에 실종된 그의 옛 애인의 시신이 발굴되자 착수된 재수사 과정에서 한 진술자의 확신에 찬 진술로 인해, 그가 강력한 용의자로 지목되었다. 이에, 그를 파송한 선교

단체 본부는 그 의혹에 대한 '정직한' 해명의 글을 요구한다. 그가 자신의 과거를 곱씹어보는 순간, 그의 내면에서는 의문이 솟아오른다. "과거는 어딘가에 웅크리고 있다가 갑자기 튀어나와 현재를 물어뜯는 맹수와 같습니다. [⋯⋯] 나를 해치는 이 맹수는 나입니까, 아닙니까?"(p. 104). 타나엘이 속마음을 털어놓는 순간, 한중수의 내면에서 경고음이 울린다. 이 소리는 한중수가 실신 상태에 이를 정도로 머리를 테이블에 내리찍게 만드는 요란한 굉음이다. 그는 병원으로 옮겨진다. 이후 퇴원한 다음 두 사람은 서로 속내를 털어놓는다. 타나엘은 자신이 선교사가 된 불량한 이유들을 고백한다. 그것은 현재의 세상이 사라지는 것을 보는 것, 그리고 새로운 세상의 도래를 기다리는 것이다. 한중수는 투쟁을 반복하는 전사의 삶을 살아왔다고 말한다. 두 사람은 강렬한 파괴 충동을 공통적으로 갖고 있다.

한중수의 과거는 무엇으로 이루어졌는가? 물론, 아버지와의 관계를 암시할 수 있다. 노름으로 빚진 아버지 때문에 그는 채무를 갚기 위해 아주 힘겹게 일해야만 했다. 평탄하지 못한 이 관계는 그의 전투적인 행동의 원인이라 할 수 있다. 그러나 세심한 독자라면 이 사실을 들춰내는 것만으로 만족할 수 없을 것이다. 이때 이런 질문을 던져볼 수 있다. 말로 표현된 고통이 어떤 점에서 경고 신호의 증거가 될 수 있는가? 그리고 한중수에게 말해주고 싶다. *네가 이미 알고 있는 것이 되어라,*[10]라고. 말로 표명된 것은 의식화된 과거이다. *네가 이미 알고 있는 것,* 그것은 억압된 과거이다. 그리고 억압된 과거는, 정신분석적 치료에서처럼, 오직 매개자를 통해서만 모습을 드러낼 수 있다. 타나엘은 아주 적절하게 때맞추어 등장했다.

세 명의 등장인물과 근원에 대한 향수

한중수는 핍의 집에 머물게 된다. 과거에 선원이었던 그는 배에서 뛰어내려 이틀간 헤엄친 끝에 캉탕에 이르렀다. 나야가 부른 달콤한 노래의 유혹에 빠진 그를 그녀가 거두어 이 작은 항구 도시에 정착하게 된 것이다. 나야의 노래는 그에게 더 오래된 기억을 떠오르게 한다. 이 노래는 핍이 어린 시절에 어렴풋이 들었던 것 같은 자장가라고 화자 한중수가 분명하게 말한다.[11] 캉탕의 핍은 오디세우스의 동료, 부테스를 모방한다. 이 둘은 모두 노래에 이끌리는데 한 명은 나야의 노래에, 다른 한 명은 세이렌의 노래에 이끌려 바다에 몸을 던졌다. 파스칼 키냐르의 말을 빌리자면, 두 사람 모두 "매혹적인 목소리"가 듣고 싶고, "말하는 자들의 사회를 포기"하고 "그 목소리의 부름보다 더 오래된 부름에 대답하고"[12] 싶어 하는 것 같다. 기나긴 시간, 온갖 바다를 떠돌아다닌 다음 핍은 나야가 사는 캉탕에 정착했다. 그녀를 위하여 핍은 방황하는 일을 중단한 것이다.

타나엘은 아무도 개종시키지 못한 실패한 선교사이다. 그는

---

10 핀다로스와 니체로부터 자유롭게 영감을 얻었다―본래는 "네 자신이 되어라"이다.
11 이승우의 작품에서 음악은 늘 한 여자에 연결된 지위를 갖는다.
12 Pascal Quignard, *Boutès*, Paris: Galilée, 2008, pp. 20, 25, 30.

자신의 과거에 대해 글쓰기를 시도한다. 그러나 앞서 말한 의혹들이 그의 습작에 아주 커다란 어려움을 일으킨다. 이는 아마도 한중수의 기이한 행동 때문일 것이다. 한중수는 자신의 과거에 대한 '정직한' 고백을 위험 부담 없이 쓰기 위해서는 어떤 안전장치가 필요하다고 말한다. 하지만 어떤 안전장치여야 할까? 글을 하나의 고백처럼 간주하려는 것에 논리적 모순은 없을까? 이승우는 여기에 두 개의 원칙을 내세우는데, 이는 그의 모든 작품에서 발견되는 것이기도 하다[13] — 글쓰기는 필연적으로 자기 자신을 쓰는 행위이며, 모든 '자기 쓰기écriture de soi'는 은폐의 글쓰기일 수밖에 없다. 작가는 자기를 드러냄으로써 은폐하고, 은폐함으로써 자기를 드러낸다. 작가는 가면을 쓴다. 이에 대해 리샤르 미예는 이렇게 말한 바 있다 — "작가에게, 최악의 것을 고백하는 행위는 모든 사람들의 시선으로부터 자취를 감추면서 타인을 향하여 계속 나아갈 수 있게 해주는 궁극적인 가면이다".[14] 구두로 자기 속내를 털어놓음으로써, 한중수는 타나엘이 글을 쓰기 위해 필요로 하는 안전장치를 본의 아니게 설치하였다. 교묘한 거울 유희를 통하여, 상호적인 속내 이야기가 텍스트의 탄생을 가능하게 해주었다. 단 하나의 글쓰기를 통하여 자기 해명이란 형벌이 단호히 선고되었다. 한중수 – 타나엘은 이승우의 인물들에게서 빈번하게 나타나는 자기 검열을 깨부수어버렸다.

---

13 졸고, 『다나이데스의 물통: 이승우의 작품 세계』, 이현희 옮김, 문학과지성사, 2020.

14 Richard Millet, *Intérieur avec deux femmes*, Paris: Pierre-Guillaume Le Roux éditions, 2012, p. 111.

한중수의 과거는 전적인 휴식 상태에 있지 않다. 그는 자신의 삶의 상당 부분을, 전쟁터를 가로지르듯 지나왔다. 아버지와의 관계가 그의 삶을 무겁게 짓누른다면, 그의 지속적인 원망은 억압된 공격성에 기인한다. 그러나 타나엘과의 교류와, 의혹을 자각한 대가로 스스로 짊어져야 했던 무게는 역설적으로 그를 해방시켰다. 한중수와 타나엘은 서로의 감춰진 내면을 폭로하는 동시에 파괴적일 만큼 서로의 영혼을 빨아들인다. 이 이중적인 상호 과정 속에서, 한중수는 타나엘의 고백 덕분에 자신의 과거로부터 해방된다. 고백의 발화는 그토록 원했던 안전장치를 갖게해주었다. 이제 한중수는 아버지와의 관계에 관련된 경험을 분리시키고 자신의 과거를 수긍할 수 있게 되었다. 부드러운 모성의 노래가 그의 내적 경보의 자리를 차지하게 되는 것도 바로 이 이유에서이다.

삼위일체 1: 어머니 – 바다 – 노래

이중적인 삼각 편대가 소설의 흐름을 타고 자리를 잡아간다. 첫번째 것은 '여성 – 바다 – 노래'로 구성되어 있다. 이것은 또 다른 삼각형의 구성을 의미한다. 시간, 즉 유년기의 시간이며 더 정확히는 어머니(모성을 표상하는 무의식적 이미지)의 시간. 그리고 공간, 즉 바다. 마지막으로 기억을 활성화하는 요소인 노래. 이 삼각 편대를 구성하는 세 부분은 향수로 연결돼 있다. 등장인물들은 두번째 삼각편대에서 각 부분을 구현하며, 제각기 하나의 태곳적 시간을 가리킨다. 어머니 이전의 시간, 바다 이전의 시간, 노래 이전의 시간…… 이에 관한 형이상학적 연구가 있다면, 그것은 틀림없이 향수에 관한 것일 테다. 세계 이전의 세계에 대한 향수. 달리 말하자면, 창세기의 향수. 성서의 제1장에서는 조화롭고 평화로운 감각 세계가 창조된 반면, 제2장에서는 인간세계가 창조되고 이것은 모든 불행의 원천이 된다. 창세기의 이상화된 세계, 실낙원은 향수의 근원으로 거슬러 올라간다.

"바다는 모든 인간에게 있어서, 모성적 상징 가운데 가장 크고 변하지 않는 것의 하나이다"[15]라고 마리 보나파르트Marie Bonaparte가 말했다. 바다는 "발아력"[16]을 지니지만, 잉태만큼이나 죽임에 있어서도 기민하다. 바닷속에는 끊임없이 카오스로의 회귀를 부르는 위협적인 리비야단이 살고 있다. 핍은 삶을 정박할 땅을 발견했기 때문에 배에서 뛰어내렸다. 삶을 정박하기, 그것은 오디세우스가 한 일이다―그가 떠났다가 되찾고 싶어 하는 이타카섬에서, 카뮈가 주목했던 것처럼 어떤 포기를 대가로 치르며―"칼립소가 오디세우스에게 영원불멸과 그의 고향 땅 둘 중에서 하나를 선택하라고 제안한다. 그는 영원불멸을 포기한다. 그것이 아마도 오디세이아의 모든 의미일 것이다".[17] 핍은 바닷물에 뛰어내림으로써 다시 태어난다. "사람이 늙으면 어떻게

---

15 가스통 바슐라르, 『물과 꿈L'Eau et les Rêves』, 이가림 옮김, 문예출판사, 1990, p. 164(Original Language Edition: 1942).

16 미르치아 엘리아데, 『종교사 개론Traité d'histoire des religions』, 이재실 옮김, 까치, 1994, p. 183(Original Language Edition: 1949).

17 알베르 카뮈, 『작가수첩 2 Carnet II』, 김화영 옮김, 책세상, 2002, p. 27(Original Language Edition: 1964).

날 수 있사옵나이까. 두번째 모태에 들어갔다가 날 수 있사옵니
까."[18] 사람들이 예수에게 물었다. 바슐라르라면 아마 이렇게 대
답하지 않았을까—다시 태어나기 위해서는 항해할 때와 마찬가
지로 "강력한 이익이 필요한 것이다. 그러나 참으로 강력한 이
익이란 공상적인 것이다."[19] 캉탕의 핍은 바다의 노래, 어머니의
노래가 나야 안에 있음을 발견하게 된다. 그녀가 다가와 그것들
을 체현해주었다. 바닷속에는, 노래 속에서와 마찬가지로, 원초
적인 것과 영원성이 들어 있다. 이에 대하여, 장켈레비치는 "음
악은 바다처럼 넓고 무한해서 우리를 감싼다. 그리고 그런 식으
로 우리 안으로 침투해 들어온다"[20]라고 했다. 핍은 나야에 이끌
려 본원의 노래를 추적하고, 그 노래를 통하여 근원의 여인을 되
찾으려 한다. 장켈레비치의 인용에 따르면, 플로티노스Plotinos[21]
는 감각에 기반한 음악은 감각 세계 이전의 음악에 의해 창조된
다고 말하였다.[22] 음악은 다른 세계에서 유래한다. 앞서 존재하
는 것의 추구는 기억상실을 확인시켜준다. 시인 폴 베를렌은 "추
억이여, 추억이여, 그대는 내게 무엇을 바라는가?"[23]라고 노래했
다. 만약 과거의 일관성이란 그저 사람들이 과거에 빌려주는 것
일 뿐, 그 자체로 존재하지 않는 것이라면? 과거의 과거는 어떤

---

18 『요한복음』 3장 4절.
19 가스통 바슐라르, 같은 책, p. 108.
20 Pascal Quignard, *ibid*.
21 3세기 그리스 철학자.
22 Vladimir Jankélévitch, *La Musique et l'Ineffable*, Paris: Seuil, 1983.
23 Paul Verlaine, "Nevermore", in *Poèmes saturniens*, Paris: Léon Vanier, 1894〔1886〕, p. 13.

것일까? 과거는 자신의 과거에 대해 향수를 느낄 수 있을까? 앙리 보쇼는 "나는 과거가 나를 위해 무엇을 남겨두었는지 알지 못한다"[24]라고 했다. 시간의 불가역성과, 그것 앞에서 아무것도 할 수 없는 무기력한 슬픔 속에서, 우리는 시간 이전의 어떤 시간에 대한 욕망으로의 굴성을 갖게 된다. "나의 기억은 나의 탄생 너머의 삶이다"[25]라고 멜빌은 썼다. 그렇듯, 과거의 흔적들이 어머니 - 바다 - 노래의 관계와 함께 첫번째 삼각 편대를 구성한다. 이 세 구성 요소는 두번째 삼각 편대 속에서 구체화된다.

삼위일체 2: 핍 - 한중수 - 타나엘

세 명의 등장인물이 그들의 과거를 잊어버리고 싶어 하는 공통된 특성을 갖고 있다. 캉탕의 핍은 오디세우스와 마찬가지로, 자양분을 제공하는 대지의 향수에 빠져든다. 그는 또 하나의 지옥인 기억에 맞서 싸운다. 캉탕의 핍은 지금까지 어느 땅도 자신을 맞아주지 않았다는 사실을 잊어버리고 싶어 한다. 그는 이름, 언어, 고향까지도 잊고 싶다. 한중수는 그를 지치게 만드는 경보 사이렌을 잊으려고 캉탕에 왔다. 타나엘은 그의 살해당한 애인 마리를 잊으려고 그곳에 왔으며, 소설은 그가 그 사건의 범인인지 아닌지 말해주지 않는다. 이처럼 기억과 망각이 동시에 소환

---

24 Henri Bauchau, *L'Écriture à l'écoute*, Paris: Actes Sud, 2000.
25 Herman Melville, *Mardi: And a Voyage Thither*, Vol II, New York: Harper & Brothers, 1849, p. 61.

된다. 동일성의 조건, 기억. 그리고 삶의 조건, 망각.

이 세 등장인물은 여러 측면에 있어서 하나를 구성한다. 서로 암묵적으로 약속한 것처럼 보이는데, 그들은 자신의 과거를 잊으려는 게 아니라 변모시키려 한다. "과거의 현실에 도달하고픈 우리의 욕망이 어떤 것이든, 우리는 우리 시대의 언어를 사용할 수밖에 없다."[26] 한중수가 그토록 민감하게 반응하는 타나엘의 불행이 아마 여기에 위치해 있을 것이다. 현재 시제로 된 언어의 부재로 인해 과거는 말로 표현할 수 없는 것이 되어버렸다. 과거는 현재에 앞선다. 그러나 도저히 써 내려갈 수 없는 어떤 과거로 인해 무기력해진 타나엘은 시오랑의 이 문장을 곱씹어야 할 것이다. "작가의 '영감의 근원'은 바로 그 자신의 수치심이다."[27] 타나엘의 고백, 그의 과거 그리고 그의 의혹들에 관한 고백은 한중수에게서 파블로프의 조건반사처럼 작용한다(테이블에 머리를 부딪히는 것).

향수(鄕愁)와 결별 작업

이렇듯, 향수는 장소가 아닌 시간상의 회귀 욕망을 토대로 형성된다. 오디세우스는 칼립소가 제공한 영원성 덕분에 이타카 섬에 갈 수 있었다. 그러나 그는 회귀라는 인간의 시간—과거

26 Jean Starobinski, *L'Encre de la mélancolie*, Paris: Seuil, 2012, p. 259.
27 에밀 시오랑, 『독설의 팡세*Syllogismes de l'amertume*』, 김정숙 옮김, 문학동네, 2004, p. 17(Original Language Edition: 1952).

의 시간, 나이가 없는 시간, 본래의 순수 상태의 시간—을 선택
했다. 향수는 어린 시절을 보낸 장소로의 회귀를 통하여 경험되
지 않는다. 우리는 그 장소가 더 이상 과거에 살았던 곳이 아니
라는 사실을 직관적으로 안다. 향수는 이전의 한 세계에 연결된
유년기 시절로의 회귀이다.[28] 향수는 원래 의학 용어인데, 어원
'nostos(귀환)'와 'algos(고통)'에 근거하여 18세기에 처음으로
문학에 등장하였고, 고향의 상실로 표현되는 고통을 종종 가리
킨다. 그러나 시간은 장소 이상으로 소중하다. 행복했든 행복하
지 않았든 상실된 유년기의 시간은, 훼손되지 않은 채 남아 있는
욕망의 시간이자, 어머니와 교감하던 시간이다—"고향으로 돌아
오니 향수는 여전히 불행하다. 사람도 사물도 더 이상 예전 같
지 않기 때문이다".[29] 퇴행적인 과정을 내포하는 향수는 시간성
에서 벗어나 있다. 향수가 되찾으려는 것은 규정된, 명확한 시
간이 아니라 원초적 순수성의 주관적 시간, 갈등 이전의 시간이
며, 결국 그것은 "처음의 사랑"[30]이다. 어머니, 바다, 노래는 인생
의 첫 시기에 속한다는 것, 바로 이것이 이 존재들 사이의 유착
에 대한 우리의 해석이다. 개종한 이들이 희망하는 현 세계의 종
말—타나엘의 소명을 결정지은 것이기도 하다—은 이미 더 이상
존재하지 않는 세계, 세계 이전의 세계 쪽에서 추구해야 할 것이

---

28 임마누엘 칸트, 『실용적 관점에서의 인간학*Anthropologie in pragmatischer
   Hinsicht*』, 백종현 옮김, 아카넷, 2014(Original Language Edition: 1798).
29 Jean Starobinski, *ibid*, p. 271.
30 정신분석가이자 작가 장-베르트랑 퐁탈리스Jean-Bertrand Pontalis의 책 제목
   『L'Amour des commencements』(1986).

다. 어린 시절에 대한 향수의 자리를, 약속을 지키지 않은 한 세계에 대한 원망이 대신 차지하게 된다.[31] 이와 같은 전위(轉位)의 과정을 통하여 향수는 결별의 작업과 관계를 맺는다. 예전에는 소중한 존재의 상실로 인한 고통을 의미하기 위해 사용되던 이 형식이 새로운 의미를 획득하였는데, 그것은 사랑, 계획, 관념의 상실뿐만 아니라 상징적으로 에너지가 투여된 어떤 대상의 상실로 인한 고통까지 의미를 확장한다. 타나엘이나 한중수처럼, 핍 또한 결별의 작업을 감행한다. 핍은 나야를 오랜 투병 끝에 잃었고, 타나엘은 마리를, 그리고 어쩌면 자신의 신앙심도 조금은 잃었을지 모르며, 한중수는 사회에 헛되이 반항하며 젊음을 잃었다. 우리는 틀림없이 죄책감에 시달렸을 이 고통스러운 과거가 어느 정도까지 한 위험의 원천이 되는지 어렵지 않게 상상할 수 있다. 한중수는 그 사실을 알아차렸고, 자신에게 보내는 경보 장치처럼 신체상의 혼란을 만들어냈다. 하지만 이름 지을 수조차 없을 정도로 위험한 과거란 도대체 무엇인가? 과거에 그가 아버지를 피에 흥건하게 젖은 상태로 내버려두었다는 사실일까. 그 말다툼과 그 사고가 있은 후 한중수는 적어도 신의 계율 하나를, 어쩌면 둘을 지키지 않았다. 이것은 요나가, 타나엘이 그렇게 했던 것처럼 그가 신의 얼굴을 피하고 싶어 했던 이유이다. 다른 징후들이 전개되지만, 그것은 다른 등장인물에게서 찾아야 한다. 주검이 된 상태로 발견된 애인, 집단 히스테리로 변해버린 종교 집회, 미수로 끝나버린 자살, 아버지와 아들 사이의 갈등,

---

31 이러한 관점에서 향수는 한국인이 가진 정서 중 '한(恨)'에 비유할 수 있다.

신의 부재에 대한 뒷이야기, 어머니의 자장가, 그리고 세이렌의 노래, 그 노래에 굴복하고 죽을 것인가 혹은 그 노래를 거부하고 영원히 그리워할 것인가…… 이 소설 속에 답은 없다. 그러나 새 징후는 찾을 수 있다. 캉탕의 축제를 위해 드높이 설치된 발판에서 타나엘이 바다로 뛰어내렸다. 이것은 예로부터 이어져온 의식(儀式)을 따라한 것으로 볼 수 있다. 바다 깊숙한 곳으로의 추락의 두려움을 무릅쓴 이 행위 속에서, 그는 몸이 공중에서 둘로 쪼개지는 듯한 감각을 느낀다. 이전의 자아가 바닷속으로 빠져들었다가 변신을 겪고 물 밖으로 다시 나올 것이다. 그리고 한중수는 홀연, 고요한 영혼의 귓전에 이명(耳鳴) 대신 울려 퍼지는 어머니의 노래를 들을 것이다.

재탄생이 완성되었다.

작품 속 관대함
— 황석영의 소설에 대하여[1]

황석영은 조국의 운명과 자신의 운명이 동화된 작가 중 한 명이다. 당연하겠지만, 황석영의 작품도 마찬가지다. 그정도로 그의 작품은(역설적으로 아픔을 달래주는 치유제와 같은 관대함을 내포하면서) 고통이 중첩된 시기, 한국 역사의 중요한 시기와 밀접한 관련이 있기 때문이다. 황석영은 1962년에 등단했다. 독재 정권 시기에 사람들은 한국전쟁 이후 황폐해진 나라의 근대화에 동원되었다. 이 노력의 근원에는 박정희의—어디에서도 본 적 없던 상징적 힘을 가진, 그에게는 어쩌면 건국 신화와도 같은—호소력 있는 연설이 낳은 새로운 동기부여가 있다. 자유의 박탈

---

1 이 글에 언급되는 황석영의 작품은 다음과 같다. 『오래된 정원』(창작과비평사, 2000), 『손님』(창작과비평사, 2001), 『심청, 연꽃의 길』(문학동네, 2003), 『무기의 그늘』(창작과비평사, 2006[1985]), 『바리데기』(창작과비평사, 2007), 『낯익은 세상』(문학동네, 2011), 『개밥바라기별』(문학동네, 2014[2008]), 『해 질 무렵』(문학동네, 2015), 『수인 1·2』(문학동네, 2017), 『객지』(문학동네, 2020), 『삼포 가는 길』(문학동네, 2020), 『한씨 연대기』(문학동네, 2020).

과 고된 노동, 내면화된 강압의 시간들은 한국전쟁 이후 미학적 형태로 자리 잡은 사실주의 문학의 중심 주제가 되었다. 이러한 시대적 배경은 그 후에도 계속 그의 글에 흔적으로 남았다. 『손님』은 남북한이 분단을 청산하지 못한 시기의 역사적, 비극적 사건들에 영향을 받았다. 개인의 이야기, 입장, 그럴 수밖에 없는 불가능성을 통해 작가는 온화하면서도 비판적인, 예리하면서도 따뜻한, 누군가의 편을 들지만 판단은 거부하는 시선으로 한국 사회를 바라본다. 이러한 맥락에서 그의 작품 속 인물들은 가장 추악한 행동을 저지르면서도 인간미가 깃들어 있다. 『무기의 그늘』에서 묘사된 것과 같이 그의 작품에는 한국의 암흑기, 북한과의 전쟁, 국가의 근대화, 황석영이 젊은 시절 참전하기도 했던 베트남 전쟁의 한국군 파병과 같은 현실이 뚜렷이 나타나 있다. 이런 배경을 소설로 기록한 작가들(이문열, 김승옥, 최인훈, 최인호 등)에게 역사는 회피와 앙가주망, 절망과 아이러니였다.

황석영의 소설은 투쟁하는 작품은 아니지만 타자를 위한 사회 참여에 기반한다. 이 타자는 흔히 궁핍하고, 권력이 없으며, 미래가 어둡거나 그마저도 없는 사람들이다. 역사에서 배제된 사람들의 이야기를 바라보는 시선의 기록이다. 이 소박하고 비천하고 연약한 사람들을 인류학자 피에르 상소는 "가난한 사람들"[2]이라고 불렀다. 이러한 타자에 대한 관심을 우리는 관대함이라 부른다. 볼테르는 다음과 같이 정의했다. "관대함은 다른 사람을 위한 헌신으로, 이로 인해 개인의 이익이 희생된다. 일반적으로

2 Pierre Sansot, *Les Gens de peu*, PUF, 1991.

누군가를 위해 자신의 권리를 포기하고, 누군가가 요구한 것보다 더 많은 것을 줄 때 우리는 관대해진다." 이어서 그는 다음과 같이 설명했다. "자연은 인간을 무리 안에 두면서 그들에 대한 의무를 규정했다. 정직은 의무를 다할 때 이루어지고, 관대함은 의무를 넘어설 때 시작된다."[3] 볼테르에게 관대함은 자신의 추악함으로부터 자기를 떼어내고 자기 자신에서 타자로 초월하는 것이다. 여러 형태를 갖는 이 관대함은 연민, 자비, 정의와 같은 다른 미덕들과 쌍을 이룬다.

정의는 공정하지 못한 사회에서 우선시될 수 있지만, 관대함은 자주 '그것을 베풀 수 있는 사람들'만이 가지는 마음의 여유로 나타난다. 정의가 이성에서 시작된다면 관대함은 마음에서 시작된다. 황석영 작품 속 인물들은 무리에 속해 있을 때조차도 그 안에서 뒤처진 듯한 느낌을 준다. 스피노자는 "관대함이란 각자가 오직 이성의 명령에 따라 다른 사람들을 돕고 그들을 우정으로 결합하려는 욕망"[4]이라고 정의했다. 또한 데카르트는 관대함은 "다른 덕들에 이르는 열쇠이며 잘못된 정념 전체를 치료하는 보편적인 처방책"[5]이라고 했다. 관대해지려면 그 대상이 있어야 하고, 타인에게 주기 위해 무언가를 잃으려는 정념이 있어야한다.

3 Voltaire, *Dictionnaire philosophique*, Mazères: Le chasseur abstrait, 2005[1764], p. 1195.

4 Spinoza, *L'Éthique*, paris: Gallimard, 1993, p. 323(Original Language Edition: 1677).

5 René Descartes, *Les Passions de l'âme*, Paris: Henry Le Gras, 1649, p. 225.

잃는 것이 없다면 그것은 대출이나 임대의 개념이지 절대 관대함이 될 수 없다. 레비나스가 말했듯이 "사람들이 상호성을 기대하면서 관대하게 행동하자마자, 이 관계는 더 이상 관대함이 아니라 상업적 관계인 좋은 방도의 교환에 속하게 될 것이기 때문이다. 타인과 맺는 관계에서 타자는 내가 어떤 것을 해야 하는 자로, 내가 그와 관련하여 어떤 책임을 갖고 있는 자로 내게 나타난다."[6] 우리는 레비나스가 말한 것과 같은 결론을 내릴 수 있다. "타인은 당신이 죄지음 없이 의무를 지지만 당신의 의무가 적지 않은 그런 상황으로 우리가 끼어들게 한다."[7] 이 상실로부터 관대함은 비로소 타자와의 관계가 된다. 그러나 이 상실이 물질적인 것은 아니다(따라서 돈을 주는 것은 관대함이라기보다 적선이다). 우리가 여기서 암시할 수 있는 상실은 즉각적인 이익 없이 타인에게 주는 자신의 일부이다.[8] 여기서 선한 행위, 즉 도덕적 교훈의 형태로 상실을 보상한다는 점이 바로 관대함에 대한 모순이다. 관대함은 부족한 사람에게 주기 위해 무언가를 잃는다. 타자의 결핍을 메우기 위해 자신의 결핍을 만들어내는 것은 "후한 자는 남는 것을 준다"[9]라고 아리스토텔레스가 지적한 것과 다르다. 레비나스의 철학은 근본적으로 타자의 철학, 즉 존

---

6 에마뉘엘 레비나스, 『타자성과 초월Altérité et transcendance』, 김도형 · 문성원 옮김, 그린비, 2020, pp. 122(Original Language Edition: 1995).

7 같은 책, p. 128.

8 Pierre Bourdieu, L'intérêt au désintéressement: Cours au Collège de France 1987~1989, Paris: Seuil, 2022.

9 아리스토텔레스, 『에우데모스 윤리학』, 송유레 옮김, 아카넷, 2021, p. 162.

재의 구속에 맞서 싸우기 위한 자유의 철학이다.[10] "자신의 존재에 포로가 된 주체는 스스로 벗어나지 못한다. 또한 자신의 사회적 환경 안에서 자신을 해방시킬 수 있는 조건도 찾지 못한다."[11] 그러므로 관대함은 타인과의 관계 안에서 무르익는다. 그렇다면 관대함은 단지 개인적인 문제일까? 관대해지기 위해서는 더 많이 가져야 하는가? "만약 우리에게 빵 한 조각만 있다면, 빵 부스러기를 개미에게 나눠주는 것을 막을 수는 없다."[12] 황석영의 작품 안에서 관대함은 마치 그것이 가난한 사람의 문제이기라도 한 듯 그들의 세계에서 거의 또는 결코 벗어나지 않는다.[13] 문학과 영화(예를 들어 켄 로치Ken Loach)에서는 가난한 사람들이 서로 도우며 서로에게 관대한 경우가 많다. 황석영의 작품에서 변하지 않는 점이 있다면 그것은 약탈당한 농민, 일에 시달리는 일용직 노동자, 매춘부, 낙오자와 살인자 같은 인물들이 작품 속에서 호의적이지까지는 않아도 특별한 위치를 차지한다는 것이다. 이들은 억압당하는 사람과 아닌 사람을 구별할 줄 알지만 인간과 심지어 최악의 인간에게 남아 있는 인간성까지 이해하고 찾아내려고 애쓴다(여기서 분명 우리는 작품 『손님』을 생각한다). 이

---

10 Pierre Hayat, "Levinas, une intuition du social", in *Le philosophoire*, 2009. 2, pp. 127~37.

11 *Ibid.*

12 Mogchok Rinpoché, 〈Sagesses bouddhistes〉, France 2, 2008. 2. 24.

13 Piff · Kraus · Coté · Cheng · Keltner, "Having less, giving more: The influence of social class on prosocial behavior", in *Journal of Personality and Social Psychology*, 2010, pp. 771~84. 계층별 관대함에 대한 연구에 따르면, 서민층은 사적으로는 관대하지만 사람들 앞에서는 그렇지 않은 반면 중상층은 완전히 그 반대이다.

러한 과감한 선택을 통해 작가의 관대함은 이해되고 읽히고 살아 숨 쉰다. 『한씨 연대기』에서 상부의 지시에 맞선 의사 한영덕은 아무런 차별도 없이 자신의 안위에 개의치도 않고 고위 관료이든 북한군이든, 그의 도움이 필요한 사람을 치료한다. 남편과 아들이 월남할 때 강을 건너야 할 것을 알면서도, 도망치는 남편에게 필요할 마른 속옷을 가슴에 품고 있는 아내에게 관대함이 작용한다. 소설에 떠다니는 사소한 이야기처럼. 『객지』에서 작가의 감정을 부추기는 것은 일용직 노동자와 농민의 열악한 삶과 노동에 대한 모습이다. 여기서 관대함은 단순히 가장 궁핍한 사람들을 옹호하는 것이 아니다(이것은 근본적으로 정의감의 표현일 수 있다). 주인공을 바라보는 작가의 시선은 보기 드문, 아마도 가장 숭고한 자질이 깃든 부드럽고 자비로운 시선이다. 왜냐하면 관대함은 어떤 계산도 하지 않기 때문이다. 관대함은 타인과 함께하고 싶은 욕망으로 감정의 굴곡에 숨어 존재하는 것으로 만족하며 거기에서 어떤 이익이나 영광을 얻으려 하지도 않는다. 강 씨가 한 아주머니의 죽은 개를 리어카에 싣고 가다가 그의 친구 왕 씨와 함께 개고기를 먹는 소설 속 장면이 그 예이다. 『삼포 가는 길』에서 세 주인공은 견디기 힘든 곳으로부터 도망치는데 이 불분명한 미래를 향한 여정에서 그 길을 공동의 운명으로 바꾸고 교환하고 변형한다. 엇갈린 운명이 교차하는 고통스러운 기억과 사라진 꿈을 그리고 있는 소설 『오래된 정원』에서, 관대함을 특별한 것으로 보지 않는 사회의 관념이 소설을 관통하고, 주인공들을 감싸 안으며, 죽음 너머로 그들을 연결한다. 이 아름답고도 어두운 소설에서 윤희와 현우를 하나가 되게 하는 사랑과 1980년 5월 광주에서 군인들과 시위자들이 맞서는 장면을 지울 수 없다. 상실과 환멸에 찬 이 소설에서는 쓰라린 고통이 그들을 지배하지 않으며 원한도 좌절된다. 체념했다고 생각했던 민주주의도 체념한 것은 아니다. 『심청, 연꽃의 길』속 역사의 소용돌이에 휩쓸려 포주들을 따라 아시아 전역을 떠도는 매춘부들은 그들 사이에 존재하는 강한 연대를 통해서, 주인의 분노 앞에서 생명의 위험을 무릅쓰고 서로 결속한다. 여기에서 다시 한번 황석영 작품에서 변함없이 드러나는 온정과 관대함은 소설의 구성 요소가 아니라 세상에 존재하는 방식이다. 더 나은 사회는 선언되지 않는다. 그것은 인위적인 평등이 아니라 인간 공동체가 자유롭게 수용한 가치 위에 세워진다. 『바리데기』는 죽은 영혼에게 평온을 찾아줄 생명수를 찾아 저승으로 가는 바리공주의 설화를 부활시켰다. 꿈속에서 사라졌던 그녀의 할머니가 고난을 이겨내기 위한 세 개의 마법 꽃을 주지만, 바리는 그것들이 정말 필요했음에도 꽃 한 송이를 굶주려 죽어가는 사람들의 허기를 채우는 데 사용한다. 『낯익은 세상』에서 자신은 똑똑하지 못하고, 아버지가 자신에게는 말을 걸지 않는다고 고백하는 아이에게 딱부리는 아끼던 장난감을 선뜻 내어준다. 또한 땜통은 자신에게 주의를 기울인다는 사실만으로도 자기가 다른 여자의 몸을 가지고 있다고 말하는 할미와 열심히 대화를 나누기도 한다. 『개밥바라기별』에서는 숲속에서 눈에 갇힌 자신의 아내가 죽지 않도록 자신의 옷을 덮어주는 남편이 있다. 슬프게도 그 둘 모두 추위에 죽게 된다. 『해질 무렵』에서 한 노동자는 해고될 위험을 무릅쓰고 계약서가 없는 다른 노동자를 변호

한다. 그리고 어떤 집주인은 가난한 사람에게 집세를 달라고 독촉하는 대신 김치를 건네준다.

황석영의 작품 속에서 드러나는 여러 흔적 중에 관대함을 찾아내는 것으로 만족하자.[14] 사람들이 공인으로서의 자신의 삶을 개의치 않고 관대함과 연대의 표시로 행동하는 것을 종종 언론에서 보게 된다. 그러나 황석영의 회고록『수인』에서 문학을 넘어서는 여러 예시들을 찾아볼 수 있다. 북한에서 체류한 후 황석영은 서울로 돌아가면 자신이 수감될 것을 알고 있었다. 그래서 그는 베를린에서 그리고 뉴욕으로 망명 생활을 했다. 그가 1993년 귀국했을 때, 그는 밀입북 혐의로 7년 형을 선고받았다. 감옥에 있는 동안 그는 교도소장에게 수차례 요구 사항을 표출하고, 단식투쟁을 하고, 출판사에서 보낸 책을 반입하고, 위험을 감수하면서까지 다른 수감자들을 변호했으며, 단체 활동을 조직하고 계속해서 글을 썼다.

이러한 사실주의 문학에서 역사가 지배하는 토대까지, 장르의 함정에도 불구하고, 황석영의 작품은 연대기에 빠지지 않는다. 고통받는 사람들과 항상 함께해야 한다는 필요성은 이야기를 더 만족스러운 다른 곳, 공동체의 공간이 되는 곳을 추구하게 한다. 사회학자 페르디난트 퇴니스에게 공동체는 개인에게 계산이 아닌 공유하도록 부추기는, 이해, 사랑, 고귀한 감정을 토대로 한정적 집단, 가족, 협회, 부족 등이 구축하는 운명 공동체로

---

14 이 관대함은 기념비적인 작품『장길산』(창비, 2004)에서도 찾을 수 있다. 소설 속 주인공 장길산은 평생 불의에 맞서 싸운다. 전 12권인 이 대하 역사소설은 역사적 인물의 동화와 공감으로 세대를 막론하고 모든 이의 마음에 깊이 새겨질 만하다.

보았다. *사회*는 완전히 정반대로, 모든 사람은 먼저 자기 자신을 돌보고 교환을 위해 다른 사람과 계약을 맺고 이익을 우선순위에 둔다.[15] 그런데 관대함은 주체가 우연히 물려받은 개인적 성향의 결과일까? 아니면 구조적으로 만들어지는 것일까? 정해진 답이 있다면 매우 흥미로운 질문이겠지만, 황석영의 작품에서는 단번에 대답하기 어렵다. 관대함이 사회의 구조적 결과물이라는 주장은 이 미덕이 필연적으로 다른 인풋들을 통합하는 (다소 긴) 과정 후에 만들어진다는 생각에서 나온다. 개인의 여정이 관대한 행위에 영향을 미치지 않는 것은 아니다. 황석영의 전기를 통해서 우리는 다음과 같은 사실을 이해할 수 있다. 북한에서 태어나 남한으로 도피하고, 서민들과 교류하며 생활의 어려움을 겪고, 폭정 아래 느낀 혐오감이 삶의 본질에 영향을 미친 어린 시절. 고통을 겪은 자만이 고통이 무엇인지 알 수 있다. 그러나 관대함은 고통을 느껴야만 갖게 되는 필요조건은 아니다. 타자라는 강력한 촉진제가 필요하다. 황석영의 작품 세계에서 공감은 동정심보다 더 감정적인 성격을 띠며, 타자의 어려움을 파악하고, 고통을 객관화하지 않은 채 공유하는 것이다. 달리 말하자면, 이것이 작가의 두번째 본질이다. 그의 출신에서, 북에서 남으로의 넘어간 것에서, 그가 받은 교육에서 이 본질을 찾아야 할까? 다음 일화에서 이것을 설명할 수 있다. 어린 시절, 그는 공습으로 파괴된 도로를 복구하러 노력 동원에 나가는 어머니를 따라가다가 갑자기 어느 할머니가 팔고 있던 참외가 먹고 싶어

---

15 Ferdinand Tönnies, *Gemeinschaft und Gesellschaft*, Leipzig: Fues, 1887.

졌다. 하지만 어머니는 그를 혼냈다. "너는 참 아둔하더구나. 남들은 비지땀을 흘리면서 돌이네 흙이네 나르는데 그늘에 퍼질러 앉아 쉬면서 참외를 깎아 먹겠다니!"(『수인 1』, pp. 417~18)

이처럼 작품 속의 관대함은 불의의 감정(노자가 말한 "선인은 불선인의 스승"[16])과 자신을 타인에게로 향하게 하는 마음("불선인은 선인의 도움"이 되는 자) 사이에 상호작용의 결과라고 볼 수 있다. 스피노자는 관대함을 다른 사람을 돕고 우정을 맺고 싶어 하는 미덕이라고 표현한다. 관대함에는 동정으로 생겨나는 그 어떤 호의나 연민도 없다. "이성에 따라 사는 사람은 자신에 대한 다른 사람의 증오, 분노, 경멸 등을 사랑, 다시 말해 관용을 통해 가능한 한 보상하려고 노력한다."[17] 관대함을 실천함으로써 생기는 '슬픈 정념들'[18]에 맞설 수 있다는 것은 관대한 감정이 모든 사람에게 해당될 수 있음을 암시한다. 그러나 데이비드 흄은 다음과 같이 말했다. "내 손가락에 상처가 나는 것보다 전 세계가 멸망하는 것을 내가 더 선호하는 것은 이성과 모순되지 않는다."[19] 관대함이 타자를 향해 발걸음을 떼는 순간 사회화된다. "관대함은 갈등의 위험을 줄여줄 뿐만 아니라 관용이 아닌 것들

---

16 노자, 『도덕경』, 노태준 옮김, 홍신문화사, 2007, p. 100.

17 Spinoza, *ibid.*

18 '슬픈 정념들'은 두려움, 증오, 분노와 같은 감정에 대해 17세기에 탄생한 표현이다. 피에르 르 무안Pierre Le Moyne의 『도덕 회화Les Peintures morales』(1640~1643), 라 브뤼에르La Bruyère의 『성격론Les Caractères』(1688), 그리고 디드로Diderot의 『백과전서Encyclopédie』(1751~1772)에서 찾아볼 수 있다.

19 David Hume, *A Treatise of Human Nature*, Oxford: Clarendon Press, 1997 [1738], p. 416.

과의 관계를 만들어내는 한 사회화된 정념이다."[20] 따라서 관대함은 슬픈 정념들이 생기려는 순간에 그 상황을 역전시키기 위해 사람들을 이어주는, 관계 변화의 미덕을 담고 있다. 그 점에서 관대함은 매우 정치적이다. 황석영의 작품에서 관대함은 헤어질 운명을 가진, 때때로 상충되는 이익을 가진 개인들이 서로를 이해할 수 있는 관계를 만들어내는 것이다. 관대함이 타인을 향한 길의 일부라고 말하는 그의 작품들은 우리에게 인간에 대한 믿음을 가질 수 있도록 집행유예를 선고한다.

---

20 Cécile Nicco-Kerinvel, "La générosité et l'amour: des passions politiques?", in *Revue de métaphysique et de morale*, 2008. 2, pp. 247~67.

한국의 느린 도시들

　장흥 근처, 봄철에 돋은 새파란 잎사귀 뒤로 전통 의상을 입은 한 남자가 두 팔을 가볍게 벌리고 걸어간다. 교통사고가 일어날 법한 도로 중앙을 전혀 두려운 기색 없이 걸어나간다. 도로는 아스팔트로 포장되어 있지만 차량이 한 대도 지나다니지 않는다.

　이 남자는 『코리아나』 잡지에 실린 사진 속에 멈춰 서 있고 그 기사는 한국의 느린 도시들을 집중적으로 다룬 것이다. 여기서 우리를 미소짓게 할 단어가 있다면 그것은 바로 느림, 한국이 선진국들을 따라잡기 위해 매장해버린, 적 같은 단어가 바로 느림일 것이다. 몇십 년 후 '빨리'를 통해 경제적 성과를 얻어낸 한국이 이를 자랑스럽게 여기던 중, 한국의 여러 소도시들은 한국에 '느림'이라는 단어가 존재했다는 사실을 기억해냈다. 신안, 완도, 장흥, 청송, 예산 대흥, 담양, 상주, 남양주, 하동 그리고 전주와 같은 도시들은 무덤 속에 잠들어 있던 느림을 파냈고, '슬로시티Slow city'를 의미하는 이탈리아어와 영어의 합성어로 이루어진 라벨, '치타슬로Cittaslow'를 인증받았다.

1999년 이탈리아에서 출범한 슬로시티는 포도주와 미식 그리고 언어의 고전성으로 유명한 토스카나의 작은 도시 오르비에토Orvieto 등과 같은 지역에서 패스트푸드 개점에 반대해 만들어진 운동이며 느림의 상징인 달팽이를 로고로 내세웠다. "달팽이가 느려도 늦지 않다."[1] 그렇지 않은가? 푸르른 골짜기, 오래된 마을의 포석 깔린 거리 그리고 삶의 질, 이 모두를 보호해야 한다는 사명감으로 토스카나의 분노한 함성이 운동의 범위를 더 넓혔다. 이런 사명감은 여러 나라의 남부 지역에서 흔히 찾아볼 수 있는 현상이기도 하다. 단테Alighieri Dante, 페트라르카Francesco Petrarca, 보카치오Giovanni Boccaccio, 프라 안젤리코Fra Angelico, 레오나르도 다빈치Leonardo da Vinci, 마키아벨리Machiavelli, 미켈란젤로Michelangelo을 비롯한 당대 최고의 예술가들을 배출한 토스카나가 전 세계로 퍼져나갈 한 운동의 선두에 서게 되었다. 패스트푸드에 반대하기 위해 시작된 이 사회운동은 사상적 이념에서 시작해 다른 분야까지 퍼지면서 슬로 라이프slow life라는 더 넓은 의미의 신념에 이르게 된다. 그렇게 치타슬로가 전 세계 곳곳에 생겨나게 되었고, 오늘날 치타슬로 도시는 총 291개(2023년 7월 기준)에 달한다. 한국 역시 뒤떨어져 있지 않고 특히 전라도 지역에 슬로 라이프 구역을 지정해 미식 혹은 문화 공간을 조성하는 데 매진했다. 한 도시가 슬로시티 라벨을 내세우기 위해서는 느림을 위한 전용 구역만 마련해놓으

---

1 정목, 『달팽이가 느려도 늦지 않다』, 쌤앤파커스, 2013.

면 된다. 하지만 따져보면 현실적으로는 좀더 복잡하다. 한 도시가 슬로시티로 인정받기 위해서는 먼저 국제슬로시티연맹에 가입해야 하고 웰리빙well-living에 관한 평가 기준을 모두 준수해야 하기 때문이다.

각 나라 구석구석에서 자국 출신 작가들과 그들의 작품을 기리는 모습을 쉽게 볼 수 있는 것처럼 한국의 느린 도시들도 문학적 기억을 담은 장소들을 세웠다. 어떤 느린 도시들은 문학에 대한 경의를 관광과 문화의 강력한 매개물에 자연스레 접목했다. 예를 들어, 담양에는 한국가사문학관이 있고 장흥의 천관문학관에는 이청준, 이승우를 비롯한 장흥 출신 문인들을 소개하고 있다. 청산도에서는 이청준 소설을 원작으로 임권택이 감독한 영화 「서편제」(1993) 촬영지가 있어 작품 속 인물들의 흔적을 따라 걸어볼 수 있다. 보성에는 조정래의 대하소설의 이름을 딴 태백산맥박물관이 있고, 하동에는 박경리 작가를 기리는 토지문학제가, 예산에는 민담과 관련된 축제가 열리고, 남양주에는 실학박물관이 있다. 장흥 한치는 가옥 아홉 채가 자리하는 작은 마을인데, 그중 한 채는 마을회관이다. 대도시들이 느림과 문학을 하나로 맺는데 흥미를 잃는 것과 달리 작은 도시들은 이러한 형태를 잘 유지하고 있다.

느림은 '더 높이, 더 빨리, 더 풍요롭게'라고 포효하는 우리 문명의 수직에 부딪치고 시간의 동반자인 수평은 이 충돌에 정신을 못 차린다. 우리는 슬프지도 즐겁지도 않은, 단지 막연한 인간 조건의 한계들을 빠른 속도로 피하려 한다. 우리는 올림픽 경기에서 100미터 거리를 시속 44미터로 달리는 단거리 선수를 보며 감탄을 금치 않으면서도 매 한 마리가 매일같이 시간당 380킬로미터를 날아다니는, 신문의 1면에 실릴 일 없는 이 사실은 쉬이 잊어버리곤 한다. 밀란 쿤데라는 속도란 기술혁명이 인간에게 선사한 엑스터시의 형태이며, 글을 읽지도 쓰지도 않는 인간이 가지는 속성이라고 말했다.[2] 최소한 조금은 읽기도 쓰기도 하겠지만.

이 시대는 살아야 할 순간들을 지각하지 못한 채 시간을 찰나로 바꿔버리는 쾌거를 이뤘다. 인간이 시간과 맺고 있던 관계에서부터 우리를 송두리째 뽑아버리고 우리가 설 영토를 잃게 하며 과거의 우리를 모조리 바꿔버린다. 계산적인 힘이 낳은 속도에 대항하는 부동(不動)의 유목민이 되어 자신으로부터 분리되는 모습을 경악하며 지켜보고, 그렇게 인간적인 시간 속에 편입되는 것을 불가능하게 만든다. 속도는 우리를 우리 자신의 바깥으로 끌어내는 동시에 우리 땅에서도 끌어낸다. 사회적으로 나아가야 할 방향을 상실했음을 보여주기 위해 지표라는 공간적 용어를 사용하는 것은 공정하지 않다. 하지만 우리는 젊은 세대에게 지표가 없다고 말하지 않는가?

철학가 베르나르 스티글레르는 '무너지고 깨어진다'는 의미의 '붕괴'의 개념을 새롭게 했다.[3] 교역의 세계에서 붕괴는 기술혁신의 한 단계를 가리키고 확고히 설립된 계통을 무시해버린다(가팜GAFAM과 우버Uber의 경우를 예로 들 수 있다). 이 단절의

---

2 Milan Kudera, *La Lenteur*, Paris: Folio, 1997[1995], p. 10.
3 Bernard Stiegler, *Dans la disruption: Comment ne pas devenir fou*, Paris: Les liens qui libèrent, 2016.

시기는 생태계를 파괴하고 인간의 집단 사회화 절차를 무너뜨린다. 스티글레르는 이러한 시기가 인간적인 시간과 인간들의 시간을 추월하면서 우리들을 '미치게' 하는 현대 문명에 부정적인 영향을 준다고 주장한다.

느림으로 회귀하는 것은 가능하지도 바람직하지도 않다. 오늘날 속도가 우리를 미치게 하듯, 이 느림으로의 회귀 역시 우리를 미쳐버리게 할지도 모른다. 기술이 지배하는 사회는 이제 정보, 상품, 인간의 흐름과 같은 흐름 관리를 토대로 조직된다. 사회 기반 시설들은 이 모든 유형의 흐름을 관리하기 위해 구축되고, 인간은 만들어진 구조에 맞춰 살아가는 수밖에 없다. 하지만 어떤 공동체가 이 시설이 그 자체로서 명분이 없다는 것을 발견하거나 상업적 계획 외 다른 계획에 사용될 정도로 충분히 조형적이라는 점을 찾아낼 때 비로소 느린 도시들이 탄생한다.

한국의 느린 도시 속에서 산다고 해서 다른 곳보다 더 느리게 살지는 않는다. 그저 인간적 차원의 움직임 속에 살아간다. 적당한 규모의 느린 도시들과 그 전용 공간들, 문화시설과 행사들은 모두 웰빙이라기보다 웰리빙과 손을 잡는다. 느림이 시대의 소용돌이에 불복하는 형태가 될 때 비로소 느림은 '위반' 가능하다. 젊었을 때 우리는 시간을 벌기 위해 뛰었고, 나이가 들면 잃어버린 시간을 붙잡기 위해 뛴다. 서두르는 데 나이는 그저 숫자에 불과하다.

문학이 완성되는 데 오랜 시간이 걸릴 때나 출판 데드라인에 쫓기지 않을 때, 그리고 경쟁의 대상이 되지 않을 때, 문학은 비로소 문학을 위반한다. 조르주 바타유Georges Bataille가 정립한

범주에 비추어보자면, 오로지 써야 하기에 쓰어진 책들은 시간을 정한다는 고유성을 가진다. 그 책들은 대부분 우리의 삶을 바꾼다. 문학이 우리 내면의 시간을 변화시키는 데에는 긴 시간이 필요하다. 오늘날 우리는 여전히 마르셀 프루스트Marcel Proust를 읽을 수 있을까? 문학에서 긴 문장을 사용하는 것은 독자 그리고 편집자들에게 비난받을 듯하다. 오노레 드 발자크는 묘사에 뛰어난 작가였지만, 이 시대의 많은 독자, 특히 젊은층은 그의 묘사적 문체가 독서의 '템포를 늦춘다'고 비난한다. 마치 결점처럼 인식되는 느림은 사실 인간과 자연이 정확히 조응하는 지점이다.

인간적 차원의 시간에서 느림으로의 회귀를 꿈꾸지 말자. 그건 허망한 일이니까. 기술 편중화된 우리 사회가 절대 허용하지 않을 것이다. 하지만 운 좋게 우리를 둘러싼 환경이 부추길 때나 우리에게 여유로운 시간이 주어질 때면 우리의 태도는 변한다. 예를 들어 도시와 같은 한 공동체가 상업 사회의 흐름이 유일한 판단 기준은 아니라고 결정하는 순간, 공동체의 환경은 마법처럼 변화하고 슬로 라이프의 공간들이 탄생한다. 이기적인 행복—세상에서 가장 공유 가능한 이기주의—인 독서는 더 이상 사적 공간에서만 이뤄지지 않는다. 화창한 날 공원에서, 가을날 카페에서, 축제 행사장에서, 문학관에서 독서는 이 장소들을 어른거리며 맴돈다.

느림은 우리를 자연의 곁으로 이끌고 자연은 우리를 명상의 곁으로 이끈다. 읽기는 마치 걷기와 같고 세상을 조사하는 것을 거부하는 일이라고 『느리게 산다는 것의 의미*Du bon usage de la* *lenteur*』에서 피에르 상소가 말했다.[4] 다가갈 수 없는 행복으로 이루어진 발판을 딛고서 세상을 변화시키는 것을 거부하는 것이 자 초대받은 사람의 입장을 수용하는 것이다. 『느리게 걷는 즐거움*Marcher: éloge des chemins de la lenteur*』에서 다비드 르 브르통은 침묵과 여유 그리고 무용(無用)은 자유주의 원칙에 단연히 반하는 가치들이 되어버렸다고 말한다.[5] 우리는 행복한 생각을 할 때 마치 마법에 걸린 듯 발걸음을 늦춘다. 그리고 머릿속에서 어두운 상념들에 잠길 때면 걸음을 재촉한다.

우리는 남쪽에서 바다를 마주하고 바위 위에 앉아 밀려오는 잔물결에 발을 담그고 두 손에는 책을 쥐고서 속도를 자아의 망각으로 만든 것들이 설계한 시간의 가속화에 저항하려 한다. 소설은 느림을 자유자재로 다루고 단 한 줄 문장만으로 20년 더 나이든 얼굴이 등장하도록 단숨에 시간을 생략해버리기도 한다. 만약 지금 이 순간의 파란곡절을 다음 세기로 미뤄버릴 수도 있다면, 바로 이것이야말로 문학이 허용하는 유일한 해학이다.

　"만족스러워, 그런데 이제 뭘 하지?"
　"고도를 기다려야지."

　　　　　　　　　　　　　—사뮈엘 베케트, 『고도를 기다리며』

4　Pierre Sansot, *Du bon usage de la lenteur*, Paris: Payot, 1998.
5　David Le Breton, *Marcher: éloge des chemins de la lenteur*, Paris: Métailié, 2012.

『다나이데스의 물통』으로 한국 독자에게 소개된 바 있는 장클
로드 드크레센조는 한국문학 번역자이자 연구자이다. 한국 소설
선집과도 같은 이 책에서 그는 문학과 현실을 오가며 형상화된
여러 적들(인간소외, 막막한 도시, 가족 붕괴 등)과 이후의 세상에
대한 시선(향수, 관대함, 느림 등)을 보여준다. 다섯 개의 막간극
은 한국에 대한 추억의 송가라 할 수 있다.

　책을 읽는다는 것은 미지의 세계를 탐험하거나 알고 있던 세
상을 되새기는 일이다. 이번 번역에 참여하면서 새로운 경험을
했다. 한국에서 한국어로 씌어진 소설이 프랑스어로 번역되어
그 소설을 읽은 프랑스인이 독자로서, 번역자로서, 또한 평론가
로서 작품을 품에 안듯, 쓰다듬듯, 파헤치듯, 자신만의 관점으
로 자신만의 이야기를 써 내려갔다. 그와 함께 소설 속을 기어가
기도 하고, 걸어가기도 하고, 달려가기도 하고, 잠시 멈춰 서기
도 했다. 내가 갔던 그 동네가 그대로 있기도 했고, 달라지기도

했고, 완전히 딴 세상처럼 느껴지기도 했다. 한 점에서 시작하여 여기저기 거쳐 두루 돌다가 원점으로 다시 찾아왔다. 제자리로 온 그를 반갑게 맞이하면서도 변화된 모습에 놀라기도 했다. 놀라움은 곧 감탄으로 이어졌고, 그렇게 이 책을 번역하면서 익숙하고도 낯선 느낌을 동시에 받았다. 이러한 낯익은 생경함을 이 책을 읽는 독자들도 느끼기를 바란다.

2023년 10월
이태연

참고 문헌

가스통 바슐라르, 『물과 꿈L'Eau et les Rêves』, 이가림 옮김, 문예출판
    사, 1980(Original Language Edition: 1942).
───, 『공간의 시학La Poétique de l'espace』, 곽광수 옮김, 동문선,
    2003(Original Language Edition: 1957).
김사과, 『미나』, 창비, 2019[2005].
김애란, 『달려라, 아비』, 창비, 2005.
김용균, 『포장마차에서 별을 보다』, 현대시문학사, 2005.
김중혁, 『악기들의 도서관』, 문학동네, 2008.
김태용, 『풀밭 위의 돼지』, 문학과지성사, 2007.
노자, 『도덕경』, 노태준 옮김, 홍신문화사, 2007.
롤랑 바르트, 『글쓰기의 영도Le Degré zéro de l'écriture』, 김웅권 옮김,
    동문선, 2007(Original Language Edition: 1953).
르네 지라르, 『낭만적 거짓과 소설적 진실Mensonge romantique et
    vérité romanesque』, 김치수·송의경 옮김, 한길사, 2001(Original
    Language Edition: 1961).
───, 『나는 사탄이 번개처럼 떨어지는 것을 본다Je vois Satan tomber
    comme l'éclair』, 김진식 옮김, 문학과지성사, 2004(Original
    Language Edition: 1999).
마르그리트 유르스나르, 『하드리아누스 황제의 회상록Mémoires
    d'Hadrien』, 곽광수 옮김, 민음사, 2008(Original Language

Edition: 1951).

마리오 바르가스 요사, 『젊은 소설가에게 보내는 편지』, 김현철 옮김, 새물결, 2005(Original Language Edition: 1997).

미르치아 엘리아데, 『종교사 개론Traité d'histoire des religions』, 이재실 옮김, 까치, 1994(Original Language Edition: 1949).

──, 『이미지와 상징Images et symboles』, 이재실 옮김, 까치, 1998(Original Language Edition: 1952).

밀란 쿤데라, 『소설의 기술L'Art du roman』, 권오룡 옮김, 민음사, 2013(Original Language Edition: 1986).

박민규, 『카스테라』, 문학동네, 2005.

──, 『죽은 왕녀를 위한 파반느』, 예담, 2009.

샤를 보들레르, 『악의 꽃Les Fleurs du mal』, 윤영애 옮김, 문학과지성사, 2003(Original Language Edition: 1857).

시몬 드 보부아르, 『미국 여행기L'Amérique au jour le jour』, 백선희 옮김, 열림원, 2000(Original France Edition: 1954).

아르투어 쇼펜하우어, 『쇼펜하우어 인생론』, 김재혁 옮김, 육문사, 2012(Original Language Edition: 1851).

아리스토텔레스, 『에우데모스 윤리학』, 송유레 옮김, 아카넷, 2021.

알베르 카뮈, 『작가수첩 2Cahiers II』, 김화영 옮김, 책세상, 2002(Original Language Edition: 1964).

앙드레 브르통, 『초현실주의 선언Manifeste du surréalisme』, 황현산 옮김, 미메시스, 2012(Original Language Edition: 1924).

에르네스트 르낭, 『민족이란 무엇인가Qu'est- ce qu'une nation?』, 신행선 옮김, 책세상, 2 015(Original Language Edition: 1882).

에마뉘엘 레비나스, 『타자성과 초월*Altérité et transcendance*』, 김도형 · 문성원 옮김, 그린비, 2020(Original Language Edition: 1995).

———, 『전체성과 무한*Totalité et infini*』, 김도형 · 문성원 · 손영창 옮김, 그린비, 2018(Original Language Edition: 1961).

에밀 시오랑, 『독설의 팡세*Syllogismes de l'amertume*』, 김정숙 옮김, 문학동네, 2004(Original Language Edition: 1952).

엠마뉘엘 카레르, 『나 아닌 다른 삶*D'autres vies que la mienne*』, 전미연 옮김, 열린책들, 2011(Original Language Edition: 2009).

오스카 와일드, 『도리언 그레이의 초상*The Picture of Dorian Gray*』, 이선주 옮김, 황금가지, 2003(Original Language Edition: 1890).

움베르토 에코, 『적을 만들다: 특별한 기회에 쓴 글들』, 김희정 옮김, 열린책들, 2014(Original Language Edition: 2011).

요한 고트프리트 폰 헤르더, 『인류의 교육을 위한 새로운 역사철학』, 안성찬 옮김, 2011, 한길사(Original Language Edition: 1774).

윤고은, 『1인용 식탁』, 문학과지성사, 2010.

은희경, 『상속』, 문학과지성사, 2002.

이승우, 『욕조가 놓인 방』, 작가정신, 2006.

———, 『모르는 사람들』, 문학동네, 2017.

———, 『캉탕』, 현대문학, 2019.

———, 『한낮의 시선』, 자음과모음, 2021〔2009〕.

이인성, 『미쳐버리고 싶은, 미쳐지지 않는』, 문학과지성사, 1995.

———, 『낯선 시간 속으로』, 문학과지성사, 1983.

임마누엘 칸트, 『실용적 관점에서의 인간학*Anthropologie in prag-matischer Hinsicht*』, 백종현 옮김, 아카넷, 2014(Original

Language Edition: 1798).

임석진 외, 『철학사전』, 중원문화, 2009〔1987〕.

장강명, 『표백』, 한겨레출판, 2011.

장 지오노, 『영원한 기쁨Que ma joie demeure』, 이원희 옮김, 이학사, 1999(Original Language Edition: 1935).

──, 『진정한 부Les Vraies Richesses』, 김남주 옮김, 두레, 2004 (Original Language Edition: 1936).

장클로드 드크레센조, 『다나이데스의 물통: 이승우의 작품 세계』, 이현희 옮김, 문학과지성사, 2020.

장-프랑수아 리오타르, 『포스트모던의 조건La Condition postmoderne』, 유정완 옮김, 민음사, 2018(Original Language Edition: 1979).

정목, 『달팽이가 느려도 늦지 않다』, 쌤앤파커스, 2013.

조르주 베르나노스, 『무쉐트의 새로운 이야기Nouvelle histoire de Mouchette』, 남궁연 옮김, 성바오로출판사, 1978(Original Language Edition: 1948).

질 들뢰즈·펠릭스 가타리, 『안티 오이디푸스: 자본주의와 분열증 L'Anti-Œdipe: Capitalisme et schizophrénie』, 김재인 옮김, 민음사, 2014(Original Language Edition: 1972).

카를로 로세티, 『꼬레아 에 꼬레아니』, 1904, 이돈수·이순우 옮김, 하늘재, 2009(Original Language Edition: 1904).

클로드 레비-스트로스, 『슬픈 열대Tristes Tropiques』, 박옥줄 옮김, 한길사, 1998(Original Language Edition: 1955).

페터 한트케, 『세잔의 산, 생트빅투아르의 가르침Die Lehre der Sainte-Victoire』, 배수아 옮김, 아트북스, 2020(Original Language

Edition: 1980).

편혜영, 『재와 빨강』, 창비, 2010.

표도르 도스토옙스키, 『카라마조프가의 형제들 1』, 김연경 옮김, 민음사, 2007(Original Language Edition: 1880).

프란츠 파농, 『검은 피부, 하얀 가면*Peau noire, masques blancs*』, 노서경 옮김, 문학동네, 2022〔2014〕(Original Language Edition: 1952).

프랜시스 후쿠야마, 『역사의 종말*The End of History and the Last Man*』, 이상훈 옮김, 한마음사, 1997(Original Language Edition: 1992).

프리드리히 니체, 『차라투스트라는 이렇게 말했다』, 정동호 옮김, 책세상, 2000(Original Language Edition: 1883).

─────, 『안티 크리스트』, 박찬국 옮김, 아카넷, 2013(Original Language Edition: 1895).

피에르 마슈레, 『문학생산의 이론을 위하여*Pour une théorie de la production littéraire*』, 윤진 옮김, 그린비, 2014(Original Language Edition: 1966).

한유주, 『얼음의 책』, 문학과지성사, 2009.

─────, 『나의 왼손은 왕, 오른손은 왕의 필경사』, 문학과지성사, 2011.

─────, 『여신과의 산책』, 레디셋고, 2012.

황석영, 『오래된 정원』(상·하), 창비, 2000.

─────, 『손님』, 창작과비평사, 2001.

─────, 『심청, 연꽃의 길』, 문학동네, 2003.

─────, 『무기의 그늘』, 창작과 비평사, 2006〔1985〕.

──, 『바리데기』, 창작과 비평사, 2007.

──, 『낯익은 세상』, 문학동네, 2011.

──, 『개밥바라기별』, 문학동네, 2014〔2008〕.

──, 『수인 1·2』, 문학동네, 2017.

──, 『삼포 가는 길』, 문학동네, 2020.

──, 『객지』, 문학동네, 2020.

──, 『한씨 연대기』, 문학동네, 2020.

Angheben, Lucie, *Les jeunes auteurs coréens nés dans les années 1980~1990: traduire la solitude et le silence*, thèse de doctorat de l'Université d'Aix-Marseille, 2019.

Augé, Marc, *La Guerre des rêves*, Paris: Seuil, 1997.

Barthelet, Philippe, *Joseph de Maistre*, Lausanne: L'Age d'Homme, 2004.

Bauchau, Henri, *L'Écriture à l'écoute*, Paris: Actes Sud, 2000.

Bauman, Zygmunt, *Liquid Life*, Cambridge: Polity Press, 2005.

Bonneville-Baruchel, Emmanuelle, "L'ennemi nécessaire: caractéristiques psychologiques et rôle dans l'identité du sujet", in *Sociétés*, 2003. 2.

Bourdieu, Pierre, *L'intérêt au désintéressement: Cours au Collège de France 1987~1989*, Paris: Seuil, 2022.

Bousquet, Joë, *La Traduit du silence*, Paris: Gallimard, 1967〔1941〕.

Breton, André·Soupault, Philippe, *Les Champs magnétiques*, Paris: Au Sans Pareil, 1948.

Caplow, Theodore, *Two Against One: Coalitions in Triads*, N.J.: Prentice-Hall, 1968.

Castoriadis, Cornelius, *La Montée de l'insignifiance: les carrefours du labyrinthe*, Saint-Amand: Seuil, 1996.

Chang Kang-myoung, *Génération B*, traduit par Hwang Jihae et Véronique Cavallasca, Fuveau: Decrescenzo éditeurs. 2019.

Charbonneau, François et al., *L'Exil et l'errance: Le travail de la pensée entre enracinement et cosmopolitisme*, Montréal: Liber, 2016.

Charpy, Manuel, "L'apprentissage du vide: Commerces populaires et espace public à Paris dans la première moitié du XXe siècle", in *Espaces et sociétés*, 2011. 1/2.

Chevalier, Jean, Gheerbrant, Alain· *Dictionnaire des symboles*, Paris: Robert Laffont, 1982[1969].

Cioran, Emil, *Cahiers 1957~1972*, Paris: Gallimard, 1997.

———, *Œuvres*, Paris: Gallimard, 2011.

———, *Précis de décomposition*, Paris: Gallimard, 2011[1949].

Clair, André, *Les philosophes de l'antiquité au XXe siècle*, Paris: La Pochothèque, 2006.

Crépault, Claude, *Les Fantasmes*, Paris: Odile Jacob, 2007.

Dardigna, Anne-Marie, *Les Châteaux d'Éros ou les Infortunes du sexe des femmes*, Paris: La Découverte, 1980.

Delumeau, Jean, *La Peur en Occident*, Paris: Fayard, 1978.

Descartes, René, *Les Passions de l'âme*, Paris: Herry Le Gras, 1649.

Durkheim, Émile, *De la division du travail social*, Paris: PUF, 1893.

Etienne, Jean et al., *Dictionnaire de sociologie*, Paris: Hatier, 1997.

Eun Hee-kyung, *Les Boîtes de ma femme*, traduit par Lee Hye-young et Pierrick Micottis, Paris: Zulma, 2009.

Flaubert, Gustave, *Correspondance*, 4e série(1834~1861), Paris: Louis Conard, 1927.

―――, *Correspondance*, Tome III(1859~1868), Paris: Gallimard, 1991.

Gauchet, Marcel, *Le Désenchantement du monde: une histoire politique de la religion*, Paris: Gallimard, 1985.

Guillon, Claude·Le Bonniec, Yves Le Bonniec, *Suicide, mode d'emploi*, Paris: Alain Moreau, 1982.

Gracq, Julien, *La Littérature à l'estomac*, José Corti, 1950.

Gramont, Jérôme de, "Sur Fernando Pessoa: De combien de vies sommes-nous capables?", in *Études*, 2011. 4.

Han Yu-joo, "Rideau", un extrait traduit par Jeong Hyun-joo et Fabien Bartkowiak, in *Europe*, 2010. 5.

Hayat, Pierre, "Levinas, une intuition du social", in *Le philosophoire*, 2009. 2.

Hegel, Georg Wilhelm Friedrich, *Phänomenologie des Geistes*, Bamberg: Würzburg, 1807.

Héronnière, Édith de la, *Joë Bousquet: une vie à corps perdu*, Paris: Albin Michel, 2006.

Hobbes, Thomas, *Le Citoyen*, traduit de l'anglais en 1649 par

Samuel Sorbière, Chicoutimi: Col. Les classiques des sciences sociales(Original Language Edition: 1647).

Hume, David, *A Treatise of Human Nature*, Oxford: Clarendon Press, 1997[1738].

Hwang Sok-yong, *L'Ombre des armes*, traduit par Lim Yeong-Hee, Marc Tardieu et Françoise Nagel, Paris: Zulma, 2003.

————, *Les Terres étrangères*, traduit par Kim Jungsook et Arnaud Montigny, Paris: Zulma, 2004.

————, *L'Invité*, traduit par Choi Mikyung et Jean-Noël Juttet, Paris: Zulma, 2004.

————, *Princesse Bari*, traduit par Choi Mikyung et Jean-Noël Juttet, Arles: Éditions Philippe Picquier, 2013.

————, *L'Étoile du chien qui attend son repas*, traduit par Jeong Eun-jin et Jacques Batilliot, Paris: Serge Safran éditeur, 2016.

————, *Toutes les choses de notre vie*, traduit par Choi Mikyung et Jean-Noël Juttet, Arles: Éditions Philippe Picquier, 2016.

————, *La Route de Sampo*, traduit par Choi Mikyung et Jean-Noël Juttet, Arles: Éditions Philippe Picquier, 2017.

————, *Au soleil couchant*, traduit par Choi Mikyung et Jean-Noël Juttet, Arles: Éditions Philippe Picquier, 2017.

————, *Monsieur Han*, traduit par Choi Mikyung et Jean-Noël Juttet, Paris: Zulma, 2017.

————, *Shim Chong, fille vendue*, traduit par Choi Mikyung et Jean-Noël Juttet, Paris: Zulma, 2018.

————, *Le Vieux Jardin*, traduit par Jeong Eun-jin et Jacques Batilliot, Paris: Zulma, 2019.

————, *Le Prisonnier*, traduit par Choi Mikyung et Jean-Noël Juttet, Arles: Éditions Philippe Picquier, 2021.

Jankélévitch, Vladimir, *La Musique et l'Ineffable*, Paris: Seuil, 1983.

Jung, Carl Gustav, *Von den Wurzeln des Bewusstseins: Studien uber den Archetypus*, Zürich: Rascher Verlag, 1954.

Jung-mok, *L'Escargot est lent mais il n'est jamais en retard*, traduit par Lucie Angheben et Park Mihwi, Fuveau: Decrescenzo éditeurs, 2016.

Kierkegaard, Søren, *L'Alternative, in Œuvres complètes: 4*, trad. fr. P.-H. Tisseau et É.-M. Jacquet-Tisseau, Paris: Éditions de l'Orante(Original Language Edition: 1843).

Kim Ae-ran, *Cours, papa, cours*, traduit par Kim Hye-gyeong et Jean-Claude de Crescenzo. Fuveau: Decrescenzo éditeurs, 2012.

Kim Apple, *Mina*, traduit par Kim Hye-gyeong et Jean-Claude de Crescenzo, Fuveau: Decrescenzo éditeurs, 2013.

Kim Jung-hyuk, *La Bibliothèque des instruments de musique*, traduit par Moon So-young, Lee Seung-shin, Hwang Ji-young, Lee Tae-yeon, Jeong Hyun-joo, Lee Goo-hyun, Préface d'Aurélie Gaudillat, Fuveau: Decrescenzo éditeurs, 2012.

Kim Tae-yong, *Cochon sur Gazon*, traduit par Choe Ae-young et

Jean Bellemin-Noël, Fuveau: Decrescenzo éditeurs, 2020.

Kudera, Milan. *La Lenteur*, Paris: Folio, 1997[1995].

Laval, Christian, "Surveiller et prévenir, La nouvelle société panoptique", in *Revue du MAUSS*, 2012. 2.

Le Bon, Gustave, *Lois psychologiques de l'evolution des peuples*, Paris: Félix Alcan, 1895.

Le Breton, David, *Marcher: éloge des chemins de la lenteur*, Paris: Métailié, 2012.

Le Clézio, Jean-Marie Gustave, "Lettres de Corée", in *NRF*, 2008. 4.

Lee Seung-u, *Le Regard de midi*, traduit par Choi Mikyung et Jean-Noël, Juttet, Fuveau: Decrescenzo éditeurs, 2014.

———, *La Baignoire*, traduit par Choi Mikyung et Jean-Noël, Paris: Serge Safran éditeur, 2016.

———, *Voyage à Cantant*, traduit par Kim Hye-gyeong et Jean-Claude de Crescenzo, Fuveau: Decrescenzo éditeurs, 2022.

Lonjon, Bernard, "La psychose de l'ennemi chez l'écrivain", in *Sociétés*, 2003. 2.

Madore, Joël · Charbonneau, François, et al., *L'Exil et l'errance. Le travail de la pensée entre enracinement et cosmopolitisme*, Montréal: Liber, 2016.

Mauriac, François, *Le Sagouin*, Paris: Table ronde, 1951.

Melville, Herman, *Mardi: And a Voyage Thither*, Vol II, New York: Harper & Brothers, 1849.

Miller, Henry, *The Air-Conditioned Nightmare*, New York: New directions, 1945.

Millet, Richard, *Intérieur avec deux femmes*, Paris: Pierre-Guillaume de Roux éditions, 2012.

Misrahi, Robert, *La joie d'amour: Pour une érotique du bonheur*, Paris: Autrement, 2014.

Mogchok Rinpoché, 〈Sagesses bouddhistes〉, France 2, 2008. 2. 24.

Nicco-Kerinvel, Cécile, "La générosité et l'amour: des passions politiques?", *Revue de métaphysique et de morale*, 2008. 2.

Nietzsche, Friedrich, *Götzen-Dämmerung*, Köln: Anaconda Verlag, 1889.

Park Min-gyu, *Pavane pour une infante défunte*, traduit par Hwang Ji-young et Jean-Claude de Crescenzo, Fuveau: Decrescenzo éditeurs, 2014.

Pessoa, Fernando, *Novas Poesia Inéditas*, Lisboa: Atica, 1979.

Piff·Kraus·Coté·Cheng·Keltner, "Having less, giving more: The influence of social class on prosocial behavior", in *Journal of Personality and Social Psychology*, 2010.

Piret, Bertrand, "Le corps de l'étranger dans le discours psychiatrique et psychopathologique du XXe siècle", in *Parole Sans frontière*, document internet, 2011.

Pontalis, Jean-Bertrand, *L'Amour des commencements*, Paris: Gallimard, 1986.

Pyun Hye-young, *Cendres et rouge*, traduit par Lim Yeong-Hee et Françoise Nagel, Arles: Éditions Philippe Picquier, 2012.

Quignard, Pascal, *Boutès*, Paris: Galilée, 2008.

Reik, Theodor, *Le Masochisme*, Paris: Payot, 1953(Original Language Edition: 1940).

Rimbaud, Arthur, *Correspondance*, Paris: Éditions des cahiers libres, 1929.

Salmon, Maria, "La trace dans le visage de l'autre", in *Sens-Dessous*, 2012. 1.

Sansot, Pierre, *Les Gens de peu*, PUF, 1991.

———, *Du bon usage de la lenteur*, Paris: Payot, 1998.

Sartre, Jean-Paul, *Huis clos*, Paris: Gallimard, 1947.

Spinoza, *L'Éthique*, Paris: Gallimard, 1993(Original Language Edition: 1677).

Starobinski, Jean, *L'Encre de la mélancolie*, Paris: Seuil, 2012.

Stiegler, Bernard, *Dans la disruption: Comment ne pas devenir fou*, Paris: Les liens qui libèrent, 2016.

Tönnies, Ferdinand, *Gemeinschaft und Gesellschaft*, Leipzig: Fues, 1887.

Verlaine, Paul, *Poèmes saturniens*, Paris: Léon Vanier, 1894[1866].

Voltaire, *Dictionnaire philosophique*, Mazères: Le chasseur abstrait, 2005[1764].

Wunenburger, Jean-Jacques, "Gaston Bachelard et la médiance des matières arche-cosmiques", in *Philosophie, ville et architecture*, 2000.

Yi In-seong, *Interdit de folie*, traduit par Choe Ae-Young et Jean

Bellemin-Noël, Paris: Imago, 2010.

――――, *Saisons d'exil*, traduit par Choe Ae-Young et Jean Bellemin-Noël, Fuveau: Decrescenzo éditeurs, 2016.